Weihnachten im alten Berlin

DANIEL CHODOWIECKI, Weihnachtsbescherung, Stich 1776

Weihnachten im alten Berlin

Texte und Bilder
gesammelt von Gustav Sichelschmidt

Mit 8 Farbtafeln und 24 Abbildungen im Text

arani

CIP-Kurztitelaufnahme der Deutschen Bibliothek
Weihnachten im alten Berlin : Texte u. Bilder /
ges. von Gustav Sichelschmidt. – 3. Aufl. –
Berlin : arani, 1984.
Bis 2. Aufl. im Rembrandt-Verl., Berlin
ISBN 3-7605-8971-5
NE: Sichelschmidt, Gustav [Hrsg.]

Die Vorlagen für die Abbildungen im Buch stammen aus dem Archiv der Rembrandt Verlag GmbH, Berlin. Darüber hinaus ist dem Berlin-Museum (Abb. S. 19, 31, 49, 103, 139, 157), dem Märkischen Museum (Abb. S. 23 und 121), dem Bildarchiv der Stiftung Preußischer Kulturbesitz (Abb. S. 57, 71, 75, 99, 109, 135) und der Lipperheideschen Kostümbibliothek (Abb. S. 67, 125 und Einbandbezug) zu danken für die Überlassung weiterer Vorlagen und die Genehmigung zur Reproduktion der in ihrem Besitz befindlichen Originale.

Printed in Germany
Druck: Saladruck, Steinkopf & Sohn, Berlin
Lithographie der farbigen Innenbilder:
Terra-Klischee, Berlin
Bindearbeiten: Schöneberger Buchbinderei, Berlin
Auflagenbezeichnung (letzte Ziffer maßgebend)
Auflage: 9 8 7 6 5
Jahr: 1995 94 93 92 91

EINFÜHRUNG

Für kaum eine andere Stadt des deutschen Sprachraumes läßt sich so mühelos eine Anthologie weihnachtlicher Texte wie für Berlin zusammenstellen. Allein der Berliner Weihnachtsmarkt muß eine so starke Ausstrahlungskraft besessen haben, daß er wie kein anderes deutsches Volksfest in die Literatur eingegangen ist. Dieser alljährlich in der Zeit vom 11. Dezember bis zum 7. Januar abgehaltene Markt hat sicherlich wie etwa auch der Stralauer Fischzug im August jedes Jahres zu den elementarsten Äußerungen der Berliner Volksseele gehört. Angesichts des unstillbaren Kommunikationsbedürfnisses der Urberliner beging man nämlich das Weihnachtsfest keineswegs nur im Intimbereich der Familie. Man frönte auch „mitten im kalten Winter wohl zu der halben Nacht" dem echt berlinischen Bedürfnis, zu sehen und gesehen zu werden. Sobald im Dezember diese winterliche Lustbarkeit eröffnet wurde, waren die Berliner nicht mehr zu halten. In ihrer gesamten sozialen Breite tummelten sie sich in den Zeltstraßen, und selbst Mitglieder des regierenden Hauses mischten sich ungeniert unters Volk.

Die anheimelnde Atmosphäre städtischer Romantik muß in der Tat von einer geheimnisvollen Magie gewesen sein. Die spezifische Mischung von ausgefallenen Düften, Geräuschen und nicht eben alltäglichen Lichteffekten muß damals ihre Wirkung auf anspruchslose Gemüter nicht verfehlt haben. Zu ihrem vollen Zauber aber gelangte die Budenstadt erst, als sie vom Mühlendamm immer mehr in die Breite Straße hineinwuchs, die damals ihrem Namen noch alle Ehre machte. Später wucherte der Weihnachtsmarkt dann weit über den Schloßplatz in den Lustgarten hinein, und die Menge der Händler pendelte schließlich um die horrende Zahl von dreitausend.

Vor der großartigen barocken Silhouette des Schlosses erhielt dieser vorweihnachtliche Zauber erst seinen vollen Glanz, wenn die wuchtigen Glocken des alten Domes gegen Abend über die Budenstadt hinwegdröhnten. Nicht nur die Kinder gerieten dann in helles Entzücken, auch die Erwachsenen lieferten sich ganz dieser machtvollen Weihnachtssymphonie aus und brachten die rechte Weihnachtsstimmung mit nach Hause. Selbst der Lärm der Kindertrompeten, der Knarren, der Radauflöten, der künstlichen Nachtigallen und nicht zuletzt der penetrant brummenden „Walddeibel" klang wie Musik in ihren Ohren.

Begreiflich, daß ein solches Fest seine Spuren nicht nur in der bildenden Kunst, sondern auch in der Literatur hinterlassen hat. In Gedichten, Reportagen, Erzählungen, Romanen und Memoiren wurden die Impressionen vom Weihnachtsmarkt immer wieder eingefangen. Aber nicht nur der Weihnachtsmarkt beschäftigte die Phantasie der Berliner, sondern auch die sogenannten Weihnachtsausstellungen, bei denen es sich zunächst um Darbietungen von Marzipan- oder Tragantzuckerfiguren der Berliner Konditoren handelte, die sich als veritable Modellierkünstler herausstellten. Ihre Kunstfertigkeit erreichte eine hohe Perfektion, wenn es sich darum handelte, stadtbekannte Persönlichkeiten mit verblüffender Porträtähnlichkeit darzustellen. Aber nicht nur auf diesem Gebiet brillierten die Bäcker in diesen vorweihnachtlichen Tagen. Sie verfügten auch über genügend Berliner Witz, um sich Verse einfallen zu lassen, die sie dann in weißem Zuckerguß auf die Pfefferkuchen zauberten. Offenbar ließ sich dieses beliebte Gebäck mit einer Prise höchst pragmatischer Lebensweisheit gewürzt ungleich leichter an den Mann bringen.

Von den Reportern, die ständig auf dem Weihnachtsmarkt unterwegs waren, zeichnete sich vor allem Ludwig Rellstab aus, der seit 1826 mehr als drei Jahrzehnte lang über seine frisch gewonnenen Eindrücke in der alten „Tante Voß" berichtete. Nach bewährter Reportermanier wartete er dabei stets mit neuen Attraktionen auf. Auch versäumte er nie, noch unentschlossenen Käufern entsprechende Tips zu erteilen. Selbst der große Romancier Willibald Alexis genügte seiner Reporterpflicht und setzte sich nachdrücklich für die Erhaltung des Weihnachtsmarktes ein, als er seinen Bericht des Jahres 1836 mit der plakativen Schlagzeile „Das Volk will den Weihnachtsmarkt" krönte.

Der Zauber des Weihnachtsmarktes verflüchtigte sich erst, als Berlin sich zur Weltstadt mauserte und der wachsende Verkehr alle biedermeierliche Idyllik zerstörte. Die vorweihnachtliche Hektik erreichte nämlich schon in der Vorkriegszeit wahre Siedegrade. Ganze Heerscharen reklamesüchtiger Weihnachtsmänner und gewaltige Engelaufgebote begannen sich in Bewegung zu setzen und zerstörten die weihnachtliche Illusion so gründlich, bis schließlich von Glanz und Glorie des alten Weihnachtsmarktes nichts als eine verklärende Erinnerung übrigblieb.

Wie das bemerkenswerte Aufgebot von Berliner Künstlern von Chodowiecki, Dörbeck, Hosemann, Menzel, Zille, Skarbina, Corinth bis hin zu Paeschke und Baluschek und vielen anderen beschäftigte der Weihnachtsmarkt auch die dichterische Imagination. Viele bekannte Berliner Romane enthalten daher glanzvolle Passagen von diesem Ereignis. Die klassische Schilderung des jungen Wilhelm Raabe in seiner „Chronik der Sperlingsgasse" aus dem Jahre 1857 stellt einen besonderen Glücksfall in der Berliner Literatur dar, aber auch in Heinrich Seidels „Leberecht Hühnchen", in Julius Stindes „Familie Buchholz" und in Georg Hermanns „Jettchen Gebert" fehlen dergleichen Schilderungen nicht. Bereits Ludwig Tieck bot in seiner Novelle „Weihnacht-Abend" eine ungemein farbige Darstellung des Weihnachtsmarktes aus dem Jahre 1791, und 1816 schrieb E. T. A. Hoffmann sein Märchen „Nußknacker und Mausekönig" mit der lebendigen Schilderung einer zünftigen Berliner Weihnachtsbescherung, die nicht nur ein literarisches, sondern auch ein kulturhistorisches Kabinettstück ist.

Gottfried Keller verdankt seinem Berlin-Aufenthalt sein Poem „Berliner Weihnachtsmarkt", und auch der heimatvertriebene Theodor Storm wurde zu seinem Gedicht „Weihnachtsabend“, das dann in alle Lesebücher einging, in Berlin inspiriert. Unübersehbar aber ist die Zahl der Memoirenschreiber, die in vorgeschrittenem Alter liebgewordene Erinnerungen an den Weihnachtsmarkt ihrer Kindheit und Jugend auffrischten. Ihre Liste reicht von Lilly Parthey, der Enkelin Friedrich Nicolais, bis hin zum Malerpoeten Hanns Fechner, Fedor von Zobeltitz, Agathe Nalli-Rutenberg, Alexander Meyer und dem vielgewandten Journalisten Paul Lindenberg. Selbstverständlich konnte auch der kompetente Gestalter des Berliner Volkslebens Adolf Glaßbrenner an einem so originären Ausdruck der Berliner Volksseele nicht ungerührt vorübergehen. In seinem Sketch mit dem lapidaren Titel „Weihnachtsmarkt“ entfesselt er seinen Witz, um einige urkomische Berliner Originale das Feuerwerk ihrer immer sprudelnden Suada abbrennen zu lassen. Das Resultat dieser schriftstellerischen Bemühung ist dann auch entsprechend erfrischend ausgefallen.

Eine private Weihnachtsfeier im Berlin des Jahres 1797 beschrieb der munter drauflos reimende Pfarrer August Wilhelm Schmidt von Werneuchen, der noch aus vollem Gemüte heraus die Weihnachtspyramide besang, die einige Jahre später durch den Weihnachtsbaum abgelöst wurde. Der erste dieser Weihnachtsbäume soll im Hause Humboldt Unter den Linden 26 gestanden haben. Jedenfalls berichtet Caroline von Humboldt im Jahre 1815 ihrem in Frankfurt an Main weilenden Gatten davon.

All diese literarischen Beschwörungen des Weihnachtsfestes im alten Berlin wecken in uns heute eher wehmütige nostalgische Empfindungen. Zwar, die alte Biedermeierseligkeit ist längst entschwunden, aber die von vielen Berliner Generationen voll ausgekosteten Wonnen des Weihnachtsmarktes und der Weihnachtsausstellungen sind noch in zahlreichen literarischen Zeugnissen, die in dieser Sammlung zusammengetragen wurden, lebendig wie am ersten Tag. An Hand dieser Texte kann jeder, immer noch, imaginäre Exkursionen in ein Märchenland unternehmen, auf das wir nicht verzichten können und möchten.

J. D. SCHUBERT, Der Berlinische Christmarkt in der Breiten Straße, Stich 1796

LUDWIG TIECK

Weihnacht-Abend

Man kann annehmen, daß, so sehr poetische Gemüter darüber klagen, wie in unserer Zeit alles Gedicht und Wundersame aus dem Leben geschwunden sei, dennoch in jeder Stadt, fast allenthalben auf dem Lande, Sitten und Gebräuche und Festlichkeiten sich finden, die an sich das sind, was man poetisch nennen kann, oder die gleichsam nur eine günstige Gelegenheit erwarten, um sich zum Dichterischen zu erheben. Das Auge, welches sie wahrnehmen soll, muß freilich ein unbefangenes sein, kein stumpfes und übersättigtes, welches Staunen, Blendung oder ein Unerhörtes, die Sinne durch Pracht oder Seltsamkeit Verwirrendes mit dem Poetischen verwechselt.

Nur in katholischen Ländern sieht man große, imponierende Kirchenfeste, nur in militärischen glanzvolle Übungen und Kriegsspiele der Soldaten; in Italien haben die öffentlichen Feierlichkeiten der Priester sowie der Nationalfeste eher zu- als abgenommen, im Norden, namentlich in Deutschland, werden öffentliche Aufzüge, Freuden der Bürger und dergleichen immer mehr vergessen, das Bedürfnis trägt den Sieg davon über heitere Fröhlichkeit, der Ernst über den Scherz.

Als ich ein Kind war, so erzählte Medling, ein geborener Berliner, war der Markt und die Ausstellung, wo die Eltern für die Kinder oder sonst Angehörigen Spielzeug, Näschereien und Geschenke zum Weihnachtsfeste einkauften, eine Anstalt, deren ich mich immer noch in meinem Alter mit großer Freude erinnere. In dem Teile der Stadt, wo das Gewerbe am meisten vorherrschte, wo Kaufleute, Handwerker und Bürgerstand vorzüglich ein rasches Leben verbreiten, war in der Straße, welche von Kölln zum Schlosse führt, schon seit langer Zeit ein Aufbau jener Buden gewöhnlich, die mit jenem glänzenden Tand als Markt für das Weihnachtsfest ausgeschmückt werden sollten. Diese hölzernen Gebäude setzten sich nach der langen Brücke sowie gegenüber nach der sogenannnten Stechbahn fort als rasch entstehende, schnell vergehende Gassen.

Vierzehn Tage vor dem Feste begann der Aufbau; mit dem Neujahrstage war der Markt geschlossen, und die Woche vor Weihnachten war eigentlich die Zeit, in welcher es auf diesem beschränkten Raum der Stadt am lebhaftesten herging und das Gedränge am größten war. Selbst Regen und Schnee, schlechtes oder unerfreuliches Wetter, auch strenge Kälte konnten die Jugend wie das Alter nicht vertreiben. Hatten sich aber frische und anmutige Wintertage um jene Zeit eingefunden, so war dieser Sammelplatz aller Stände und Alter das Fröhlichste, was der heitere Sinn nur sehen und genießen konnte; denn nirgends habe ich in Deutschland und Italien etwas Ähnliches wiedergefunden, was damals die Weihnachtszeit in Berlin verherrlichte.

Am schönsten war es, wenn kurz zuvor Schnee gefallen und bei mäßigem Frost und heiterem Wetter liegen

DANIEL CHODOWIECKI, Weihnachten, Radierung 1797

geblieben war. Alsdann hatte sich das gewöhnliche Pflaster der Straße und des Platzes durch die Tritte der unzähligen Wanderer gleichsam in einen marmornen Fußboden verwandelt. Um die Mittagsstunde wandelten dann wohl die vornehmen Stände behaglich auf und ab, schauten und kauften, luden die Bedienten, welche ihnen folgten, die Gaben auf, oder kamen auch nur wie in einen Saal zusammen, um sich zu besprechen und Neuigkeiten mitzuteilen.

Am glänzendsten aber sind die Abendstunden, in welchen diese breite Straße von vielen tausend Lichtern aus Buden von beiden Seiten erleuchtet wird, daß fast eine Tageshelle sich verbreitet, die nur hie und da durch das Gedränge der Menschen sich scheinbar verdunkelt. Alle Stände wogen fröhlich und lautschwatzend durcheinander. Hier trägt ein bejahrter Bürgersmann sein Kind auf dem Arm und zeigt und erklärt dem laut jubelnden Knaben alle Herrlichkeiten. Eine Muter erhebt dort die kleine Tochter, daß sie sich in der Nähe die leuchtenden Puppen, deren Hände und Gesicht von Wachs die Natur anmutig nachahmen, näher betrachten könne. Ein Kavalier führt die geschmückte Dame, der Geschäftsmann läßt sich gern von dem Getöse und Gewirr betäuben und vergißt seiner Akten, ja selbst der jüngere und ältere Bettler erfreut sich dieser öffentlichen, allen zugänglichen Maskerade und sieht ohne Neid die ausgelegten Schätze und die Freude und Lust der Kinder, von denen auch die geringsten die Hoffnung haben, daß irgendetwas für sie aus der vollen Schatzkammer in die kleine Stube getragen werde.

So wandeln denn Tausende scherzend mit Plänen, zu kaufen, erzählend, lachend, schreiend den süßduftenden mannigfaltigen Zucker- und Marzipangebäcken vorüber, wo Früchte, in reizender Nachahmung, Figuren aller Art, Tiere und Menschen, alles in hellen Farben strahlend, die Lüsternen anlacht: Hier ist eine Ausstellung wahrhaft täuschenden Obstes, Aprikosen, Pfirsichen, Kirschen, Birnen und Äpfel, alles aus Wachs künstlich geformt; dort klappert, läutet und schellt in einer großen Bude tausendfaches Spielzeug aus Holz in allen Größen gebildet, Männer und Frauen, Hanswürste und Priester, Könige und Bettler, Schlitten und Kutschen, Mädchen, Frauen, Nonnen, Pferde mit Klingeln, ganzer Hausrat oder Jäger mit Hirschen und Hunden, was der Gedanke nur spielend ersinnt, ist hier ausgestellt, und die Kinder, Wärterinnen und Eltern werden angerufen, zu wählen und zu kaufen.

Jenseits erglänzt ein überfüllter Laden mit blankem Zinn, aber neben dem polierten und spiegelnden Geräten blinkt und leuchtet in Rot und Grün und Gold und Blau eine Unzahl regelmäßig aufgestellter Soldatesken, Engländer, Preußen und Kroaten, Panduren und Türken, prächtig gekleidete Paschas auf geschmückten Rossen, auch geharnischte Ritter und Bauern und Wald im Frühlingsglanz, Jäger, Hirsche und Bären und Hunde in der Wildnis. Wurde man schon auf eigene, nicht unangenehme Weise betäubt von alledem Wirrsal des Spielzeugs, der Lichter und der vielfach schwatzenden Menge, so erhöhten dies noch durch Geschrei jene umwandelnden Verkäufer, die sich an keinen

UNBEKANNTER KÜNSTLER, Weihnachtsbescherung, Tuschzeichnung um 1800

festen Platz binden mochten. Diese drängen sich durch die dicksten Haufen und schreien, lärmen und lachen, indem es ihnen weit mehr um diese Lust zu tun ist, als Geld zu lösen.

Junge Burschen sind es, die unermüdet ein Viereck von Pappe umschwingen, welches, an einem Stecken mit Pferdehaar befestigt, ein seltsam lautes Brummen hervorbringt, wozu die Schelme laut „Waldteufel kauft!“ schreien. Nun fährt eine große Kutsche mit vielen Bedienten langsam vorüber. Es sind die Prinzen und Prinzessinnen des Königlichen Hauses, welche auch an der Kinderfreude des Volkes teilnehmen wollen. Nun freut der Bürger sich doppelt, auch die Kinder seines Herrschers so nahe zu sehen. Alles drängt sich mit neuem Eifer um den stillstehenden Wagen.

Jedes Fest und jede Einrichtung, so beschloß Medling seinen Bericht, wächst mit den Jahren und erreicht einen Punkt der Vollendung, von dem es dann schnell wieder hinabsinkt. Soviel ich nach den Erinnerungen meiner Jugend und Kindheit urteilen darf, war diese Volksfeierlichkeit von den Jahre 1780 bis etwa 1793 in ihrem Aufsteigen und in der Vollkommenheit. Schon in den letzten Jahren richteten sich in näheren und entfernteren Straßen Läden ein, die die teuern und gleichsam vornehmeren Spielzeuge zur Schau ausstellten. Zuckerbäcker errichteten in ihren Häusern anlockende Säle, in welchen man Landschaften aus Zuckerteig oder Dekorationen, später ganz lebensgroße mythologische Figuren wie in Marmor ausgehauen, aus Zucker gebacken sah. Ein prahlendes Bewußtsein, ein vornehmes

Überbieten in anmaßlichen Kunstproduktionen zerstörte jene kindliche und kindische Unbefangenheit, auch mußte Schwelgerei an die Stelle der Heiterkeit und des Scherzes treten. Doch ist mit allen diesen Mängeln, so endigte unser Freund seinen Bericht, diese Christzeit in Berlin, vergleicht man das Leben dieser fröhlichen und für Kinder so ahndungsreichen Tage mit allen anderen Städten, immer noch eine klassische zu nennen, wenn man das Klassische als den Ausdruck des Höchsten und Besten in jeglicher Zeit gebrauchen will.

L. L. MÜLLER, Weihnachtsmarkt in der Breiten Straße, Aquarell u. Sepia 1826

FRIEDRICH WILHELM AUGUST SCHMIDT VON WERNEUCHEN

Der Heilige Abend vor Weihnachten

Das Schneedach fegt des Sturmes Saus,
Die Ofenflammen zittern.
Die Kinder bleiben gern zu Haus
Und denken nicht an schlittern.
Denn sieh! der Abend graut,
Und Ruprecht kommt und baut
Für jedes bald ein Tischlein auf
Und legt gar schöne Sachen drauf.

Im Nebenzimmer kramt er schon
Den Quersack aus und tuschelt.
Und horch! wie sacht er jetzt davon
Entlang die Wände ruschelt!
Nun hebt der Jubel an,
Die Tür wird aufgetan.
Sieh da die Tischchen, weiß gedeckt,
Voll Kerzen, grün und rot gefleckt.

Hinein stürmt Bub und Mägdlein flugs,
Zu sehn, was ihm beschieden.
Vor allem prangt von grünem Bux
Ein Wäldchen Pyramiden

Mit goldnen Nüssen dran.
Hier nickt ein Sägemann,
Dort grünt ein Buch mit Lämmern drin,
Bewacht von Hund und Schäferin.

Nußknacker steht mit dickem Kopf
Bei Jud und Schornsteinfeger.
Hier hängt ein Schrank mit Kell und Topf,
Dort hetzt den Hirsch der Jäger.
Hier ruft ein Kuckuck, horch!
Und dort spaziert ein Storch.
Mit Äpfeln prangt der Tannenbaum
Und blinkt von Gold- und Silberschaum.

Zu Pferde paradiert vom Blei
Ein Regiment Soldaten,
Ein Sansfasson sitzt frank und frei
Gekrümmt und münzt Dukaten.
Und alles schmaust und knarrt,
Trompet' und Fiedel schnarrt.
Fern stehn die Alten, still erfreut,
Und denken an vergangne Zeit.

Nun Mutter! ob dem lieben Brauch
Sei recht vergnügt und keife
Heut abend nicht. Du Vater auch,
Und bräch auch deine Pfeife
In hundert Stücken heut,
Da alles jauchzt und schreit
Und, weil so hell der Wachsstock brennt,
Voll Freuden durcheinander rennt.

So geht's bis in die späte Nacht.
Und selbst das Kleinste hätte
Sie ohne Schlummer gern durchwacht,
Doch Mutter ruft: zu Bette!
Und jedes macht zur Ruh
Nur halb die Augen zu
Und wünscht: o wär es Morgen doch!
Und sieht im Traum die Lichter noch.

CAROLINE v. HUMBOLDT

Weihnachtsbrief 1815

Der Weihnachtsabend ist allerdings eine fixe Idee bei den Berlinern, denn nicht die Kinder allein, alles in der Familie und auch die näheren Freunde, alles beschenkt sich durcheinander. Immer ist etwas Hübsches in dieser Lust, sich gegenseitig recht viel Freude zu machen. Mein Weihnachten wird diesmal ungemein brillant werden, die Krone wird, seitdem sie im Salon hängt, hier zum ersten Mal angesteckt werden, und darunter der Tisch mit allen Geschenken. Die Kinder sind ganz außer sich vor Ungeduld, daß es morgen werde. Ach, wärst Du doch hier!

*

Weihnachten ist auf das Schönste ausgefallen. Ach, nur Du fehltest mir dabei, einzig liebes Herz. An zwei Enden eines langen Tisches brannten zwei kleine Weihnachtsbäume, einen bescherte die Gräfin Düben mit allerlei Spielsachen, die drum herumstanden, ihren Kleinen, den anderen ich dem Hermann. Seine Hauptspielsachen waren ein Theater, ein schönes Bauspiel, eine Schwadron Kosaken usw. In der Mitte des Tisches lagen und standen Carolinens, Adelheids und Gabrielens Geschenke, auf einem Stuhl daneben Augusts Geschenk, ein Geschirr auf zwei Wagenpferde. Da sich die Schwestern auch noch untereinander beschenkt hatten, so war kaum Raum genug, und die erleuchtete Krone und alle übrigen Lichter und Lichterchen machten den Anblick außerordentlich hübsch. Wenn Du nur dagewesen wärst! Alle waren höchst zufrieden und danken, denn ich habe alles mit Deinem Namen geschenkt. August sagte, es wären fürstliche Präsente.

E. T. A. HOFFMANN

Pate Drosselmeier beschert die Kinder

Am vierundzwanzigsten Dezember durften die Kinder des Medizinalrats Stahlbaum den ganzen Tag über durchaus nicht in die Mittelstube hinein, viel weniger in das daranstoßende Prunkzimmer. In einem Winkel des Hinterstübchens zusammengekauert, saßen Fritz und Marie. Die tiefe Abenddämmerung war eingebrochen, und es wurde ihnen recht schaurig zumute, als man, wie es gewöhnlich an dem Tage geschah, kein Licht hereinbrachte. Fritz entdeckte ganz insgeheim wispernd der jüngeren Schwester (sie war eben erst sieben Jahre geworden), wie er schon seit früh morgens es habe in den verschlossenen Stuben rauschen und rasseln und leise pochen hören. Auch sei längst ein kleiner dunkler Mann mit einem Kasten unter dem Arm über den Flur geschlichen, er wisse aber wohl, daß es niemand anders gewesen als Pate Drosselmeier.

Da schlug Marie die kleinen Händchen vor Freude zusammen und rief: „Ach, was wird nur Pate Drosselmeier für uns Schönes gemacht haben?"

Der Obergerichtsrat Drosselmeier war gar kein hübscher Mann, nur klein und mager, hatte viele Runzeln im Gesicht, statt des rechten Auges ein großes schwarzes Pflaster und auch gar keine Haare, weshalb er eine sehr schöne weiße Perücke trug, die war aber von Glas und

THEODOR HOSEMANN, Wintervergnügen, Lithographie 1843

ein künstliches Stück Arbeit. Überhaupt war der Pate selbst auch ein sehr künstlicher Mann, der sich sogar auf Uhren verstand und selbst welche machen konnte. Wenn daher eine von den schönen Uhren in Stahlbaums Hause krank war und nicht singen konnte, dann kam Pate Drosselmeier, nahm die Glasperücke ab, zog sein gelbes Röckchen aus, band eine blaue Schürze um und stach mit spitzigen Instrumenten in die Uhr hinein, so daß es der kleinen Marie ordentlich wehe tat, aber es verursachte der Uhr gar keinen Schaden, sondern sie wurde vielmehr wieder lebendig und fing gleich an, recht lustig zu schnurren, zu schlagen und zu singen, worüber alles große Freude hatte.

Immer trug er, wenn er kam, was Hübsches für die Kinder in der Tasche, bald ein Männlein, das die Augen verdrehte und Komplimente machte, welches komisch anzusehen war, bald eine Dose, aus der ein Vöglein herausschlüpfte, bald was anderes. Aber zu Weihnachten hatte er immer ein schönes künstliches Werk verfertigt, das ihn viel Mühe gekostet, weshalb es auch, nachdem es beschert worden, sehr sorglich von den Eltern aufbewahrt wurde.

„Ach, was wird nur Pate Drosselmeier für uns Schönes gemacht haben?“ rief nun Marie. Fritz meinte aber, es könne wohl diesmal nichts anderes sein als eine Festung, in der allerlei sehr hübsche Soldaten auf- und abmarschierten und exerzierten, und dann müßten andere Soldaten kommen, die in die Festung hineinwollten, aber nun schössen die Soldaten von innen heraus mit Kanonen, daß es tüchtig brauste und knallte.

„Nein, nein,“ unterbrach Marie den Fritz. „Pate Drosselmeier hat mir von einem schönen Garten erzählt, darin ist ein großer See, auf dem schwimmen sehr herrliche Schwäne mit goldnen Halsbändern herum und singen die hübschesten Lieder. Dann kommt ein kleines Mädchen aus dem Garten an den See und lockt die Schwäne heran und füttert sie mit süßem Marzipan.“

„Schwäne fressen kein Marzipan,“ fiel Fritz etwas rauh ein, „und einen ganzen Garten kann Pate Drosselmeier auch nicht machen. Eigentlich haben wir wenig von seinen Spielsachen; es wird uns ja alles gleich wieder weggenommen, da ist mir denn doch das viel lieber, was uns Papa und Mama bescheren, wir behalten es fein und können damit machen, was wir wollen.“

Nun rieten die Kinder hin und her, was es wohl diesmal wieder geben könne. Marie meinte, daß Mamsell Trudchen (ihre große Puppe) sich sehr verändere, denn ungeschickter als jemals fiele sie jeden Augenblick auf den Fußboden, welches ohne garstige Zeichen im Gesicht nicht abginge, und dann sei an Reinlichkeit in der Kleidung gar nicht mehr zu denken. Alles tüchtige Ausschelten helfe nichts. Auch Mama habe gelächelt, als sie sich über Gretchens kleinen Sonnenschirm so gefreut hatte. Fritz versicherte dagegen, ein tüchtiger Fuchs fehle seinem Marstall durchaus so wie seinen Truppen gänzlich an Kavallerie, das sei dem Papa gut bekannt.

So wußten die Kinder wohl, daß die Eltern ihnen allerlei schöne Gaben eingekauft hatten, die sie nun aufstellten. Es war ihnen aber auch gewiß, daß dabei der liebe Heilige Christ mit gar freundlichen frommen

Kinderaugen hineinleuchtete und daß, wie von segensreicher Hand berührt, jede Weihnachtsgabe herrliche Lust bereite wie keine andere. Daran erinnerte die Kinder, die immerfort von den zu erwartenden Geschenken wisperten, ihre ältere Schwester Louise, hinzufügend, daß es nun aber auch der Heilige Christ sei, der durch die Hand der lieben Eltern den Kindern immer das beschere, was ihnen wahre Freude und Lust bereiten könne; das wisse er viel besser als die Kinder selbst, die müßten daher nicht allerlei wünschen und hoffen, sondern still und fromm erwarten, was ihnen beschert worden. Die kleine Marie wurde ganz nachdenklich, aber Fritz murmelte vor sich hin: „Einen Fuchs und Husaren hätt' ich nun einmal gern."

Es war ganz finster geworden. Fritz und Marie, fest aneinandergerückt, wagten kein Wort mehr zu reden. Es war ihnen, als rausche es mit linden Flügeln um sie her und als ließe sich eine ganz ferne, aber sehr herrliche Musik vernehmen. Ein heller Schein streifte an der Wand hin; da wußten die Kinder, daß nun das Christkind auf glänzenden Wolken fortgeflogen war zu anderen glücklichen Kindern. In dem Augenblick ging es mit silberhellem Ton: klingling, klingling. Die Türen sprangen auf, und solch ein Glanz strahlte aus dem großen Zimmer hinein, daß die Kinder mit lautem Ausruf: „Ach! — Ach!" wie erstarrt auf der Schwelle stehenblieben. Aber Papa und Mama traten in die Türe, faßten die Kinder bei der Hand und sprachen: „Kommt doch nur, kommt doch nur, ihr lieben Kinder, und seht, was euch der Heilige Christ beschert hat."

Ich wende mich an dich selbst, sehr geneigter Leser oder Zuhörer, und bitte dich, daß du mir deinen letzten mit schönen Gaben geschmückten Weihnachtstisch recht lebhaft vor Augen bringen mögest; dann wirst du dir wohl denken können, wie die Kinder mit glänzenden Augen ganz verstummt stehenblieben, wie erst nach einer Weile Marie mit einem tiefen Seufzer rief: „Ach, wie schön — ach, wie schön“ und Fritz einige Luftsprünge versuchte, die ihm überaus wohl gerieten.

Aber die Kinder mußten auch das ganze Jahr über besonders artig und fromm gewesen sein, denn nie war ihnen so viel Schönes, Herrliches beschert worden als diesmal. Der große Tannenbaum in der Mitte trug viele goldne und silberne Äpfel, und wie Knospen und Blüten keimten Zuckermandeln und bunte Bonbons, und was es sonst noch für schönes Naschwerk gibt, aus allen Ästen. Als das Schönste an dem Wunderbaum mußte aber wohl gerühmt werden, daß in seinen Zweigen hundert kleine Lichter wie Sternlein funkelten und er selbst in sich hinein- und herausleuchtend die Kinder freundlich einlud, seine Blüten und Früchte zu pflücken. Um den Baum umher glänzte alles sehr bunt und herrlich. Marie erblickte die zierlichsten Puppen, allerlei saubere kleine Gerätschaften und, was vor allem schön anzusehen war, ein seidenes Kleidchen, mit bunten Bändern zierlich geschmückt, hing an einem Gestell so der kleinen Marie vor Augen, daß sie es von allen Seiten betrachten konnte. Und das tat sie dann auch, indem sie einmal über das andere ausrief: „Ach das schöne, ach das liebe, liebe Kleidchen, und das werde

ADOLF SCHRÖDTER, Berliner Currende-Sänger zur Weihnachtszeit,
Holzstich nach Lithographie 1828

ich — ganz gewiß — das werde ich wirklich anziehen dürfen?“

Fritz hatte indessen, schon drei- oder viermal um den Tisch herumgaloppierend und trabend, den neuen Fuchs versucht, den er in der Tat am Tische angezäumt gefunden. Wieder absteigend, meinte er: es sei eine wilde Bestie, das täte aber nichts, er wolle ihn schon kriegen, und musterte die neue Schwadron Husaren, die sehr prächtig in Rot und Gold gekleidet waren, lauter silberne Waffen trugen und auf solchen weißglänzenden Pferden ritten, daß man beinahe hätte glauben sollen, auch diese seien von purem Silber.

Eben wollten die Kinder, etwas ruhiger geworden, über die Bilderbücher her, die aufgeschlagen waren, daß man allerlei sehr schöne Blumen und bunte Menschen gleich anschauen konnte, als nochmals geklingelt wurde. Sie wußten, daß nun der Pate Drosselmeier bescheren würde, und liefen nach dem an der Wand stehenden Tisch. Schnell wurde der Schirm, hinter dem er so lange versteckt gewesen, weggenommen. Was erblickten da die Kinder? Auf einem grünen mit bunten Blumen geschmückten Rasenplatz stand ein sehr herrliches Schloß mit vielen Spiegelfenstern und goldenen Türen. Ein Glockenspiel ließ sich hören, Türen und Fenster gingen auf, und man sah, wie kleine, aber zierliche Damen und Herren mit Federhüten und langen Schleppkleidern in den Sälen herumspazierten. In dem Mittelsaal tanzten Kinder in kurzen Wämschen und Röckchen nach dem Glockenspiel. Ein Herr in einem smaragdenen Mantel sah oft durch die Fenster, winkte heraus und verschwand wieder.

Fritz hatte mit auf den Tisch gestemmten Armen das schöne Schloß und die tanzenden und spazierenden Figürchen angesehen. Dann sprach er: „Pate Drosselmeier, laß mich mal hineingehen in dein Schloß!" Der Obergerichtsrat bedeutete ihm, daß das nun ganz und gar nicht anginge. Fritz sah das auch ein. Nach einer Weile, als immerfort auf dieselbe Weise die Herren und Damen hin und herspazierten, die Kinder tanzten und der smaragdene Mann zu demselben Fenster heraussah, rief Fritz ungeduldig: „Pate Drosselmeier, hör' mal, wenn deine kleinen geputzten Dinger im Schlosse nichts mehr können als immer dasselbe, da taugen sie nicht viel. Nein, da lob' ich mir meine Husaren, die müssen manövrieren vorwärts, rückwärts, wie ich's haben will, und sind in kein Haus gesperrt."

Damit sprang er fort an den Weihnachtstisch und ließ seine Eskadron auf den silbernen Pferden hin und her trottieren und schwenken und einhauen und feuern nach Herzenslust. Auch Marie hatte sich sachte fortgeschlichen; denn auch sie wurde des Herumgehens und Tanzens der Püppchen im Schlosse bald überdrüssig und mochte es, da sie sehr artig und gut war, nur nicht so merken lassen wie ihr Bruder.

Der Obergerichtsrat sprach ziemlich verdrießlich zu den Eltern: „Für unverständige Kinder ist solch künstliches Werk nicht, ich will nur mein Schloß wieder einpacken." Doch die Mutter trat hinzu und ließ sich den inneren Bau und das wunderbare künstliche Räderwerk zeigen, wodurch die kleinen Püppchen in Bewegung gesetzt wurden. Der Rat nahm alles auseinander und setzte es wieder zusammen. Dabei war er wieder ganz heiter geworden und schenkte den Kindern noch einige schöne braune Männer und Frauen mit goldenen Gesichtern, Händen und Beinen. Sie waren sämtlich aus Thorn und rochen so süß und angenehm wie Pfefferkuchen, worüber Fritz und Marie sich sehr erfreuten. Schwester Louise hatte, wie es die Mutter gewollt, das schöne Kleid angezogen, welches ihr beschert worden war, und sah wunderhübsch aus. Aber Maria meinte, als sie auch ihr Kleid anziehen sollte, sie möchte es lieber noch ein bißchen ansehen. Man erlaubte ihr das gerne.

LILLI PARTHEY

Weihnachten im Hause Brüderstraße 13

24.12. 1823. Einen solchen Weihnachten habe ich wohl noch nicht erlebt. So schön und lieb und ganz glücklich. Um halb zwölf kam Klein; er schenkte der Mutter einen hübschen Ring mit unseren Haaren. Um zwölf Uhr kam der Wagen. Schadow wollte noch etwas an meinen Locken fertigmachen. Es wird sehr hübsch werden, er will so gut sein und das Bild selbst bringen und aufstellen. Das ging sehr leicht und gut, aber die Beleuchtung hatte größere Schwierigkeiten. Das Bild sah gar zu hübsch aus den Blumen heraus, mit denen wir es umgeben hatten. Schadow schied überhäuft von unserm Dank.

Vorn im Saal waren schon die Tische geordnet. Bald kam die Tante, und er wurde für uns verschlossen. In einem freien Moment ging ich hinter, und Klein und Moritz führten die Mutter herein zu mir mit verschlossenen Augen, die sie erst öffnen durfte, als sie dicht vor dem Bilde stand. Ihre Freude war groß und die meine noch viel größer; es war ein echter hübscher Weihnachten. Gleich darauf steckte ihr Klein auch den Ring an, der ihr viel Freude machte.

Indessen hatte ich Paul eingestellt, meinen treuen Sekretär. Wir versammelten uns in der gelben Stube. Er schrieb die Verse auf, die ich ihm diktierte, und ich baute indessen mit meinem liebsten Freund die Schüsseln auf mit Geschenken und Pfefferkuchen, Äpfeln und Nüsse für die Leute — das Geld von ihm und ihr Weihnachten lag zart darunter verborgen, und auf einem jeden Platz waren soviel Lichte aufgesteckt, als sie Jahre im Hause sind; es war eine große Arbeit. Auf der vorderen Seite des langen Tisches standen die Schüsseln in ordentlicher Reihenfolge. Kohlrauschs Mine ohne alles Licht, die Köchin mit einem, Sophie mit zwei, Karl mit vier, Schulz mit elf, Marie mit vierzehn und schließlich Luischen mit zweiundfünfzig Lichten. Nun putzten wir das übrige alles schön auf. Umgeben von den schönsten Blumen, Myrthen, Orangen, Zypressen, die besonders schön aussahen, leuchteten wie drei Monde mit stillem Licht die drei Argand-Lampen, die mittelste umgeben von den jüngsten Frühlingskindern, Maiblumen und Tulpen, und zwischen diesen Herrlichkeiten strahlten zwei Pyramiden. So war die Mitte des Tisches voll und würdig ausgefüllt. Die übrigen Seiten nahm ein Pfefferkuchen-Alphabet ein, bei jedem Buchstaben ein Vers mit dem Namen der Personen, die sich sehr glücklich darauf verteilen ließen, und eingefaßt mit abgeschnittenen Myrthen, Orangen, Rosen usw. Das ganze machte einen Eindruck ohnegleichen.

Dann gingen wir in das Versammlungszimmer, das schon vollgepfropft von Leuten und sehr finster war. Mein Tisch strahlte. Der vollständige Klavierauszug des Dido, für mich gemacht, und Schleiermachers Predigten. Was hätte mir mein Freund Schöneres und Lieberes schenken können? Daneben lag, von der besten Mutter gar schön ausgewählt, das Brautgeschmeide und viele andere Herrlichkeiten. Von Göckingk strahlte das erste Stück in der Wirtschaft, eine herrliche Sinombre-Lampe. Aber das Schönste war doch mein großer Baum mit vielen Lichtern und zwei großen brennenden Herzen von Buchsbaum mit einer großen Krone.

Als nun der erste Taumel vorbei war, gingen wir zu der zweiten Bescherung über und in die gelbe Stube, wo wir die vielen Lichte anzündeten. Luischens Schüssel war ein Feuermeer. Die Leute waren indessen alle gerufen, und die Türen wurden geöffnet. Luischen war glücklich im Abglanz ihrer Herrlichkeit. Der allgemeine Jubel war groß. Der Abend verging allzu geschwind. Man zog von einem Tisch zum anderen und ließ sich alles zeigen, alles wurde besprochen und gelobt, Bilder, Bücher und Noten durchblättert. Ich war unaussprechlich innerlich glücklich.

THEODOR HOSEMANN, Walddeibeljungen, Federzeichnung 1847

C. VON KERTBENY

Berliner Weihnachten 1827

Zu keiner Zeit, selbst nicht während des Karnevals, sieht man in Berlin ein regeres Leben, ein geschäftigeres Treiben als um die Weihnachtszeit.

Vierzehn Tage vor dem heiligen Abend fängt der Weihnachtsmarkt an, und der Schloßplatz und die Breite Straße sind hier ganz mit Buden besetzt. Während dieser Zeit sind die Linden etwas verödet, denn die Sitte bringt es mit sich, auf dem Weihnachtsmarkte spazieren zu gehen, die ausgestellten Sachen zu sehen und nebenbei selbst gesehen zu werden. Besonders besucht ist der Hauptgang die Breite Straße hinauf, und keine elegante Dame wird es versäumen, sich bei schönem Wetter hier wenigstens einige Male, wenn auch nicht täglich, zu zeigen.

Des Abends, besonders die letzten Tage vor dem Heiligen Abend, wird der Weihnachtsmarkt befahren, und selbst die ärmsten Familien würden sich nicht glücklich fühlen, machten sie dies Vergnügen nicht wenigstens einmal mit. Die Mietwagen sind übrigens in Berlin so wohlfeil, daß sie sich diesen Genuß wohl gewähren können, ohne deshalb der Verschwendung beschuldigt werden zu dürfen.

Des Abends ist der Weihnachtsmarkt auch ein Tummelplatz der Verliebten, und wenn man zwischen den Häusern und der Rückseite der Buden hindurch geht, so wird man gewiß viele flüsternde Pärchen finden. Doch die Armen, die vielleicht ganz in ihrer Unschuld sich unterhalten, sind der unangenehmsten Überraschung nahe. Mehrere Male war ich von höchst komischen Auftritten Zeuge, die ich zwar keineswegs gutheißen konnte, über die ich aber doch herzlich lachen mußte.

Viele junge Leute, oft aus den ersten Familien, treiben sich des Abends stundenlang auf dem Weihnachtsmarkt umher, allerhand Ränke und Schwänke auszuführen oder Abenteuer aufzusuchen. Acht bis zehn dieser jungen Wüstlinge gehen, dicht in ihre Mäntel gewickelt, miteinander, denn oft leistet ihre größere Zahl ihnen die ersprießlichsten Dienste. Einer von ihnen tritt zufällig hinter die Buden, da stehen zwei Verliebte und plaudern emsig miteinander. Sie scheint Kammermädchen einer vornehmen Herrschaft zu sein und wurde wahrscheinlich in den nahen Putzladen geschickt, noch einige Sachen zur Weihnachtsbescherung zu holen, da traf, gewiß ganz zufällig, der junge Mann auf sie und redete sie an, um sie nach dem Befinden ihrer Gebieterin zu fragen; denn er kennt sie sehr wohl und geht fast täglich in ihrem Hause aus und ein. Aber der Kuß, den er der halb zurückziehenden, bald entgegenkommenden Lippe soeben aufdrückt, ist der auch für die Gebieterin?

Doch jetzt haben die oben erwähnten jungen Leute ihren Witz vorbereitet und unbemerkt das Pärchen von allen Seiten umstellt. Rasch ziehen sie die Knar-

H. D., Wachsoldat beim Gendarmenmarkt am Weihnachtsabend,
Ölbild 1853

ren, Trompeten, Pfeifen und Waldteufel, die sie unter den Mänteln verborgen hielten, hervor und tanzen unter wahrhaft teuflischer Musik und lautem Lachen und Jubeln eine Runde um die Liebenden. Erschrocken fahren diese auseinander, und er will Ruhe gebieten, aber ein Blick auf die Zahl der lockeren Spaßvögel überzeugt ihn, daß es hier rätlicher sei, zu schweigen.

Daher greift er nach der Hand seines Mädchens und will, sie mit sich fortziehend, den Neckenden entschlüpfen, aber ruhig bleiben diese stehen und geben sich die Hände, wo er durchdringen will. So wird er wie Papageno in der Zauberflöte überall zurückgeschreckt. Während der Zeit hat der infernalische Lärm eine Menge Zuschauer herbeigelockt, und die Absicht der Spaßvögel ist erreicht. Laut lachend sprengen sie nach allen Richtungen auseinander, und teils wütend, teils beschämt, schleicht auch das Liebespaar sich davon.

Auf allen Straßen rufen die Knaben Fahnen, Pyramiden und Waldteufel mit lautem Geschrei zum Verkaufe aus und haben dabei einen ganz eigentümlichen Ton, den man außer der Weihnachtszeit nicht hört, so viel auch sonst auf den Straßen ausgerufen wird.

Aber noch etwas ist Berlin zur Weihnachtszeit besonders eigentümlich, und zwar die Ausstellung der Konditoren. An anderen Orten findet man zwar Ähnliches, aber in der Regel beschränken sich die Ausstellungen auf Gegenstände des Verkaufs. Hier ist indessen dies keineswegs der Fall. Es wird ein Bild aus dem Leben gegriffen, ein öffentlicher Ort, ein bekanntes Lokalereignis, durch kleine Figuren von fünf bis sechs Zoll Größe dargestellt, oder auch wohl ein Ereignis aus der Geschichte oder irgendein Phantasiegebilde. Einige haben auch mechanische Vorstellungen mit beweglichen Figuren. So hatte ein Konditor den Ausgang aus dem Theater nach Beendigung des Stückes, ein zweiter den Raub der Sabinerinnen karikiert, wieder einer die Eisbahn im Tiergarten. Sämtliche komische Figuren Berlins, welche die ganze Stadt kennt, sind auch auf dieser Ausstellung unter den Miniaturgestalten, aus Ton gebildet, aber größtenteils sehr getroffen, zu finden und ergötzen die Zuschauer, welche sie auf den ersten Blick erkennen, oft weidlich.

Eines dieser oft kopierten Originale fand sich einst auch auf einer solchen Ausstellung. Es verdroß ihn, und er kaufte die Puppe. Kaum aber war er aus dem Laden, so war auch sein Konterfei schon wieder da. Er erfuhr dies, kaufte sich anderen Tags noch einmal und so auch ein drittes und viertes Mal. Aber der Konditor hatte Vorrat und ergänzte das verkaufte Püppchen sogleich wieder. Bald ward dies bekannt, und nun wollte jeder ein solches Männchen haben. Der Konditor lachte sich ins Fäustchen, und der Kopierte schäumte vor Wut, daß er ein verkehrtes Mittel ergriffen und dadurch das Übel nur ärger gemacht habe; denn vorher lachte man über sein Bild, jetzt aber über ihn selbst.

Den Heiligen Abend feiert jeder vom König an bis zum geringsten, ärmsten Handarbeiter hinab, und der Fremde, der diesen Tag in Berlin zubringt, müßte fast glauben, daß die Stadt ausgestorben sei; denn das Theater ist geschlossen, die öffentlichen Orte leer und unbesucht, und jeder zieht sich in den innersten Kreis seiner Familie zurück.

WILLIBALD ALEXIS

Rückblick auf den Weihnachtsmarkt 1835

Weihnachten behauptet bei uns sein altes Recht als Volksfest, wenn auch die Fortschritte in Physik und Chemie die Wunder, welche ein paar Wachskerzen auf die gläubige Kinderwelt sonst ausübten, verdrängten, und vor dem Glanz der Gasflammen in den strahlenden Kunstläden die bescheidenen Lichter der bürgerlichen Industrie in den Weihnachtsbuden matt wurden. Man hält mit Recht fest an dem einzigen und zugleich poetischen Volksfeste, welches sich von selbst gemacht hat, nachdem so viele Versuche, künstliche zu fabrizieren, gescheitert sind. Noch immer ist der Weihnachtsmarkt der Tummelplatz der gesünderen Berliner Lustbarkeit und wimmelt vom Augenblick an, wo die Lichter angezündet werden, von bewegten, frohen Gesichtern. Er ist nicht allein das Ergötzen der Kinderwelt, sondern auch der ärmeren, diensttuenden Klassen. Eine Herrschaft, welche ihren Domestiken den Gang nach dem Markte abends verweigern wollte, übte eine unerhörte Tyrannei. Die kleine Betriebsamkeit setzt ihre ganze Hoffnung auf diese eine Ernte, und ihre Bitten zum Himmel sind nur auf klares Frostwetter für die Woche vor dem Christfest gerichtet.

Es mag noch so kalt sein, die Verkäufer und Verkäuferinnen, in Pelze gehüllt, mit Kohlenbecken zu den Füßen, trotzen dem Froste. Hier hat einmal die Poesie im Verkehr den Sieg über die Industrie davongetragen; denn wie klar ließe sich beweisen, daß dieser Markt auf offener Straße bei Nachtzeit und in der ungünstigsten Jahreszeit unnütz ist, daß Verkäufer und Käufer bequemer in den Kaufläden der warmen Häuser ihre nötige Ware holen und absetzen könnten. Aber das Volk will den Weihnachtsmarkt, und er bleibt nach wie vor in hölzernen Buden auf der alten breiten Straße, nur daß von Jahr zu Jahr neue Abzweigungen und neue Budengassen aufwachsen. Mit solcher Pietät hält die Bürgerklasse daran, daß sie ihre Weihnachtsbedürfnisse in den alten flimmernden Buden kaufen, obgleich oft nur ein paar Schritte dahinter in den großen Läden dieselben Sachen zum Fabrikpreise wohlfeiler zu haben sind. Man muß dem Weihnachten seinen Verdienst gönnen, heißt es, und man tadelt die Reicheren, welche ihre größeren Einkäufe mit merkantilischer Berechnung bei den Kaufleuten und Fabrikanten bewerkstelligen. Nur regnigtes Wetter ist der Verderb des Weihnachtsmarktes; dann jammert die halbe Stadt, nicht sowohl um das gestörte Vergnügen, als um die armen Leute, die um ihren Verdienst kommen.

Die Ausstellungen gehören notwendig zu dem Feste. Sie haben ihren ursprünglichen Charakter durchaus geändert, und aus den uralten „Krippelvorstellungen" heiliger Gegenstände sind sie durch hundertlei Variationen zu etwas geworden, was auf theatralischen

Kunstwert Anspruch machen will. Damit sieht es freilich noch schwach aus, und höchstens befriedigt einmal eine schöngemalte Landschaft mit Lichteffekt die billigen Ansprüche. Indessen ist es ganz gut, daß ihnen die Mechanik so viel Hindernisse in den Weg legt, um etwas zu werden, was sie nicht werden sollen. Die Ausstellungen von Kraftmehlfiguren, in denen man bekannte Persönlichkeiten wiederfand und durch die der Konditor Teichmann das Publikum lange Jahre hindurch ergötzte, waren weit angemessener. Diesmal vermißt man sie. Ob die Zeitumstände auch hier eine zensorische Strenge ausgeübt haben? Vortrefflich wußten einige Kunstgärtner die Produkte ihrer Treibhäuser zu grünen Zaubersälen umzuschaffen. Am erfindungsreichsten bleiben jedoch immer die Brüder Gropius, die in ihrem Diorama jede Gelegenheit nutzen, um das Zeitinteresse zu personifizieren. Diesmal stellten sie in mehreren Bildern das Lager von Kalisch dar. An den Gemälden war kein großer Zauber, wie es der Gegenstand auch wohl mit sich bringt, aber die Art der Aufstellung und der mysteriöse Zugang verfehlten die Wirkung nicht. Der Andrang war so groß, daß man stundenlang warten muß und nur Schritt für Schritt zu den unterirdischen Wundern gelangt. Dafür entschädigt am Eingang ein ungeheuerer Riesenkopf, der, in einen Käfig eingeschlossen, durch sein phlegmatisches Mienenspiel Jung und Alt ergötzt.

UNBEKANNTER KÜNSTLER, Weihnachtszimmer, Lithographie um 1850

LUDWIG RELLSTAB

Weihnachtswanderungen 1836

Wer mag um die Weihnachtszeit selbst beim trübsten Wetter immer Bücher lesen? Mit gutem Westwind steuerte der umherstreifende Wanderer daher bei der ersten Abendbeleuchtung des Weihnachtsmarktes über denselben und erfreute sich der tausend hellen Kinderaugen, die heller vor Freude glänzten als die im Winde trüb flackernden Lichter in den Buden. Ein dichtes Gedränge wogte zwischen den Reihen auf und ab, und hielt das Kaufen selbst der Lust dazu die Waage. So haben die Verkäufer am ersten Tag ein treffliches Geschäft gemacht. Freilich gesteht der Wanderer, wenig Handelsabschlüsse gesehen zu haben. Da ihm indessen mancher kleine Wanderer begegnete, der einen Honigkuchen zwischen Hand und Mund bewegte, oder der einen Apfel, so rotbäckig wie er selber, verzehrte, oder einen Wachsstock, einen Sägemann, einen Waldteufel in der Hand trug, so muß doch auch hier und da etwas verkauft worden sein.

Ein Stückchen die Königstraße aufwärts, gegen den Strom der Menge, aber mit dem des Windes, strebte ich zu Herrn Dümke, dem ich den Titel „Kinderfreund" gewiß nicht mit Unrecht gebe. Denn hier, wo diesmal der Sonnenaufgang die ganze Weihnachtszeit hindurch jeden Abend mehrmals zu sehen ist, findet man stets die ersten Ranglogen durch Kinder aller Höhen besetzt, die sich schon so jung als wahre Enthusiasten und Dilettanti zeigen. Beschreibungen sind besser als Betrachtungen, deshalb sage ich: Wir sehen eine Landschaft, im Vordergrunde rechts eine Schmiede, links eine Wassermühle, im Mittelgrunde einen Strom, eine Brücke, dahinter ein Schloß und am Horizont Gebirge. Ehe die Sonne aufgeht, stehen die fleißigen Arbeiter in der Schmiede auf und erhellen die Szene durch ein Feuer und ein Hufeisen, welches sie kräftig schmieden, so daß die Funkengarben hoch aufspritzen.

Dieser erste Akt vor Sonnenaufgang fand allgemeinen Beifall. Jetzt gießt sich ein Purpurschimmer über die Gegend, und die Sonne steigt auf. Kaum ist sie da, so beginnt der Verkehr von Menschen und Tieren. Wir sehen sich stoßendes Rindvieh, einen Müller, der seinen Esel prügelt, einen Fischer, der sein Netz in den Strom senkt und stets gefüllt herauszieht. Endlich fängt gar der reisende Student schon bei Tagesanbruch seine Schelmenstreiche mit der schönen Müllerin an und vergiftet dem Manne oder Vater derselben den Kaffee durch Eifersucht oder Sorge. Hinten über die Brücke gehen Landleute, Milchmädchen und Jäger. Der Beifall reißt nicht ab, bis der Vorhang fällt. Allem, was unter zwölf Jahren in unserer Residenz lebt, ist es aufs dringendste zu empfehlen, sich zum Sonnenaufgang an der Königsbrücke führen zu lassen.

Wir wenden uns nunmehr der Friedrichstadt zu, wo wir bei dem Konditor Casper in der Charlottenstraße ein Seitenstück zu dem Kinderschauspiel des Herrn Dümke antreffen. Es ist das Schloß Fischbach in Schlesien, hinter dem wir die grünen spitzen Falkenberge und die Ruinen des Bolkowschlosses erblicken. Hier hat die Kinderwelt das noch näher und behaglicher, was sie in der Königstraße beim Sonnenaufgang betrachten kann, nämlich die artige Beweglichkeit der vielen zierlichen und charakteristischen Figuren, die den Vordergrund des Bildes beleben. Ein Angler, stoßende Kühe, ein Müller, ein Jäger mit seinem Hunde, ein mit ausgebreiteten Flügeln über dem Weiher schwebender Wasservogel, einige Karren, von müden Pferden gezogen, mehrere elegante Gestalten machen die Hauptpersonen der hier agierenden kleinen Truppe aus. Die Kinderwelt applaudierte auch aufs Lebhafteste.

Es gibt nicht Neues unter der Sonne, das ist fast das Älteste, was man weiß. Indessen war doch vor einiger Zeit noch das Diorama etwas Neues und überraschte durch allerlei Neuigkeiten, so daß ein auf Entdeckungsreisen ausgehender Beobachter es leicht hatte, seinen Lesern in und außer Europa davon zu erzählen. Jetzt ist es gewiß noch ebenso glänzend und reich wie damals, aber wir wissen schon, was uns erwartet, und staunen deshalb weniger. Drei Bilder hat Herr Gropius, der immer dem Publikum mit vollen Händen darbietet, aufgestellt. Das erste ist die Nürnberg-Fürther Eisenbahn, das zweite Madrid, das dritte der Krater des Vesuv. Die Eisenbahnen setzen jetzt viel mehr in Bewegung als die, welche darauf fahren, nämlich alles. Groß wird also hoffentlich auch die Zahl derer sein, welche danach wallfahren. Es kann sie nicht gereuen; sie treffen erstlich eine sorgfältig ausgeführte, heitere grüne Landschaft, in deren Mittelgrunde Nürnberg liegt und mit seinem Schloß und seinen alten Türmen über die Baumgipfel emporragt, und zweitens sieht man in dieser Landschaft das regste Treiben des Verkehrs. Vorn die Eisenbahn, dahinter die Chaussee. Höchst anschaulich ist der Gegensatz des lahmen langsamen Verkehrs auf der letzteren in Vergleich zu dem pfeilschnellen auf den Eisenbahnschienen dargestellt. Zum Schluß des Bildes rollte das Wagen-Convoi an uns vorüber und hinter ihm der Vorhang herab.

Das Diorama ist eine Art von Zauberpalast in vielfacher Hinsicht. Ein Moment, und der unsichtbar um uns gebreitete Zaubermantel Fausts hat uns aus Nürnberg nach Madrid geführt. Schwerlich möchten sich zwei schärfere Gegensätze auffinden lassen als eine handelnde, verkehrsreiche deutsche Reichsstadt und die stolze Hauptstadt der pyrenäischen Halbinsel. Ein goldener südlicher Vorabend. Besonders reizend stellt sich die hinter der Stadt ausgebreitete Landschaftsebene, die der Manzanares bewässert, dar. Im Vordergrund sehen wir die große Straße, halb durch Höhen verdeckt, auf der soeben eine Armee einzieht.

Aus Madrid nach einem anderen südlichen Lande, nach Neapel. Auf der Treppe des Korridors lesen wir den Wegweiser: „Zum Krater des Vesuvs“. Mutig wie die ersten drei Engländer, die sich in seine Tiefe hin-

LUDWIG BURGER, Dreierschäfken-, Walddeibel- und Pyramiden-Verkäufer auf dem Berliner Weihnachtsmarkt, Holzschnitt um 1865

abließen, steigt jetzt halb Berlin in den Abgrund hinunter. Doch es wird immer finsterer, man muß die Stufen mehr fühlen als sehen, ein kleiner Schauer vor dem Höllenkrater faßt doch so manche Dame an, und sie hängt sich ängstlich an ihren Begleiter. Jetzt ertönt ein staunendes „Ah!“; denn man sieht den Vollmond, der, am italienischen Himmel schwebend, die obere Hälfte des Bildes einnimmt. Zu den unteren gelangt man erst allmählig, wenn man sich ein wenig vorgedrängt hat. Ich konnte den Krater bald zwischen den Federn auf dem Hut einer Dame recht artig hindurchschimmern sehen. Über der äußersten rechten Hutfeder ragte ein kolossaler Lavazacken empor, welcher sich beinahe wie ein Geweih über den schönen Damenkopf erhob. Die äußerste linke Feder spielte auf der rötlich angestrahlten Felsenwand hin und her, und die mittelste fächelte anmutig im Mondlicht. In der rechten Ecke des Bildes sieht man die eigentliche Feuer-Esse des Vulkans. Ich genoß den Vorteil, auch einen Zyklopen daneben zu sehen, eine schwarze Riesengestalt, die kolossal vor der Glut stand. Erst später bemerkte ich, daß es ein Vordermann, ein athletischer Berliner war, der mittels der perspektivischen Täuschung zu einem Giganten wuchs. Viel Gedränge im Krater, in der Tat, fast soviel wie im Prater an schönen Frühlingstagen. Ich darf den Vesuvkrater daher als angenehmen romantischen Winterspaziergang empfehlen, nicht gerechnet, daß man sich an seinem Feuer wärmen kann, wenigstens in der Idee.

ADOLF GLASSBRENNER

Der Weihnachtsmarkt

Pfeifenhändler Brecke (steht vor seiner Bude, trappelt, um sich zu erwärmen, fortwährend mit den Füßen, schlägt die Arme übereinander und spricht mit seiner Nachbarin, der Obsthändlerin Piesich): Kotz Schock! Schwerebrett, is des wieder 'n Weihnachtsmarcht, da möchte man de Platze vor Ärger kriegen. Madam Piesichen! Nu sehn Se mal, nu steht so'n unjlücklicher Mensch hier wie ick un trampelt und schlägt sich die Kälte aus'm Leibe, un worum? Um nischt, reene um nischt! Na oder nennen Sie des was, Piesichen, daß ich seit heute um Zehne drei Pfeifen zu sechs Silberjroschen, zwei Spitzen un en Wassersack verkooft habe? Is des des Standjeld wert? Na, so tu' mir eener den Jefallen!

Piesich: Na, Herr Brecke, mir jeht et woll besser? Zwee un 'ne halbe Metze Äppel un vor sechs Dreier Wallnüsse, det sollste fühlen!

Brecke: Sehn Se! Sehn Se, da jeht nu so'n Kerrel jroß un breet vorüber! Kann sich nu so'n Kerrel wie der nich 'ne Pfeife koofen? Wozu hängen se'n hier? (wütend) Der Deibel soll se alle uf'n Kopp fahren! Ansehen dhun se sich alles, aber koofen dhut keener nischt! Ne, un meine Beene, die kriej' ick nich wieder warm. Det fehlt eenen noch hier, sich krank machen

R. BEYSCHLAG, Beim Schmücken des Baumes, Aquarell 1892

un nischt einnehmen! Ach, un dabei schlag' ick mir vor Wut in de Seiten, det ick kaum Atem holen kann.

Piesich: Na immer ran, Madameken! Schöne Rostokker, Borschdorfer, Wallnüsse, Haselnüsse! (die Dame geht vorüber.) Ja Kuchen!

Brecke: Sehn Se, wat sagt ick Ihnen, da jeht se hin und singt nich mal! D i e un Äppel koofen, na da kennnen Se d i e schlecht. Wenn se sich noch wenigstens 'ne Pfeife gekooft hätte! Kann unsereener roochen, wird so'n dickes Frauenzimmer och nich der Deibel davon holen!

Piesich (zu einem vorübergehenden jungen Herrn): Immer ran, mein schönster Herr, schöne Rost...

Junger Herr (die Äpfel besehend): Was kostet de Viertelmetze?

Piesich: De Viertelmetze? Sechsdreier!

Junger Herr (indem er langsam fortgeht): I worum nich jar en Dhaler un zehn Silberjroschen!

Piesich (bitterböse): Ach herrjees: nu wird der ooch bei die Zeiten noch witzig! So'n stinkstiebliger Windhund mit 'n jewölbten Leibrock un der Haare à la Schafskopp! So'n Viertelmetzen-Jüngling mit zwee Kupperdreier in de Tasche will sich ooch noch dicke dhun! Ne, juter Junge, da biste bei de Unrechte jekommen! Vor so'n Kerrel, wie der is, da wachsen de Äppel nich, der find't seine uf de Straße! Bei d i e Kälte, so'n Jespenst ohne Fleesch! So'n Lappendräger, drei Knochens un vier Splinter will 'ne reptierliche Frau kujenieren? So 'ne Zujabe uf'n Dutzend Menschen? Er is woll ooch erst nach de ufgeschlagne Akziese uf de Welt jekommen? Der janze Kerrel sieht wie'n Seufzer über die unglückliche Zeit aus! I Jott nee doch, nee doch! Nehm' Er sich doch bloß in'n Acht, deß de Schwalben in't Frühjahr nich in seinen hohlen Kopp bauen! Vermiet Er sich lieber als Telejraphen-Jestelle; wenn man ihm die Arme auseinanderschlägt, dann heeßt er in Köln: in Berlin is 'ne Hungersnot.

Mehrere Knaben (schreiend): Hurrah! Herrjeh, hier jibt et Skandal! Die Hökern schimpft hier! Hurrah!

Piesich (in höchster Erbitterung aufspringend): Hökern? Maulaffen infame, ick wer' Euch behökern! Nee, ick sage, man möchte sich de Schwindsucht an'n Hals ärjern! So'ne — Löffels infamen, von die man alle zusammen siebenunsiebzig Mal Mutter sin könnte!

Gendarm: Sein Sie stille!

Piesich (sich setzend): I Jott ja, mit Vergnüjen. 't jibt eenen ja so keener was vor seine Unterhaltung.

Brecke: Hör'n Se mal, Herr Jensd'arm, des Jescheidtste, was Sie dhun könnten, wäre, deß Sie mir en paar Käufer randrieben.

Kutscher (schreit vom Bock herunter): Heda, Sie da! Weg da! Sie da! Wollen Sie sich denn mit Jewalt überfahren lassen?

Fußgänger: Ach nee, so sehr besteh' ich eben nich druf. Wenn's nich durchaus notwendig is, denn bleib' ick lieber noch 'ne Weile leben.

Gelbgießer Poppe (betrunken): Na nu, was is denn hier? Weihnachtsmarcht? Weihnachtsmarcht braucht hier jar nicht zu sind, braucht er! Buden? Illuminiert?

A. S., Kinder als Verkäufer auf dem Weihnachtsmarkt, Holzstich 1869

Wer is illuminiert? Jelbjießer Poppe? Des bin ich, ich Poppe. (zu einem Herrn) Kennen Sie mir? Kennen Sie Poppen? (torkelt weiter) Sie brauchen mir jar nich zu kennen! (er steht still und läßt den Kopf auf die Brust sinken) Wenn ich mir kenne, kenne, denn braucht mir keener nicht zu kennen. (schreit) Jelb - jies - ser bin ick! (torkelt weiter) Ich jieße jelb und drinke Punsch! Branntwein drink' ich ooch, Schnaps ooch, Kümmel ooch, Pomeranzen ooch, Poppe drinkt allens bei Tage un bei Nachte. (bleibt stehen) Wovor is hier die Pfefferkuchenbude? Ich esse keenen Pfefferkuchen! Ich steche Ihnen eine Maulschelle, wenn Sie die Bude nich wegnehmen!

Lehmannais (vor seinem Tische mit wundertätigen Flaschen und Schachteln auf- und abgehend und Käufer anlockend): A Meßjees, je suis le berühmte Faberkante von die unjeheure Wunderjeschichten, die allens aus de Kleider und Habite bringen, was ein Mensch 'rein macht. Flecke un Paster von Öl, Fett, Talg, Wachs, Teer un überhaupt Jucks un Schmuz de toute Qualitees! 'Aben Sie la Bongté näher ßu spazieren an mein Magaßeng extraordineer un einzig in seiner Art. Hier haben Sie „Esprit de Sultan Mahmud"! Sie öffnen die la Putellje, jießen einen Tropp auf Fleck — futsch, ist Fleck wech! Der verstorbene Sultan hat es selbst erfunden, und all den alten Jucks aus seinen Divan damit fortjeschafft. Kommen Sie her, Mußjee le Paysang (er zieht einen Landmann an seinen Tisch). Sie haben hier einen furchtbaren Paster auf wotter Mateng. Hier is Putelch; hier jieß ich zwei Tropp auf den Fleck; ich reib un peu, ich nehm' eine Bürste, voyez: futsch is Fleck, voyez!

Landmann: Wenn't naß is, des Duch, denn secht's immer so uut, als ob der Dreck weck wäre, aberscht nachher is er wieder doa.

Lehmannais: A mon Dieu, vor zweifleree? Jeben Sie deux gro, zwee Jroschen Courant, un Sie seind vor Lebenszeiten ein reinlicher Mensche. Vous ne voulez pas? Adieu, adieu, je le ... (zu einem Träger, der ihn unversehens stößt) Na blinder Hesse, kannste denn nich sehen?

Träger (sehr ruhig): Ick wer' Dir jleich bei Hessen! Nimm' Dir 'n Acht, Du Endeken Franzose aus de Kanonierstraße!

Lehmannais: Na vor so'nen Schafskopp, wie Du bist, wird er sich ooch nich fürchten.

Träger (setzt sein Gepäck beiseite): Wird er sich n i c h ? Na warte, Franzose, du wirscht schon! (indem er ihm einen Schlag auf den Kopf versetzt) Ick wer' Dir en bisken Freiheitskrieg von en Berliner beibringen, det Dir der janze Feldzug wackeln soll. So'ne französische Wuluwu-Krabbe, wie Du bist, die lassen wir uns nich so nah uf'n Leib rücken! Wenn ick Dir einije blaue Flecke beibringe, denn, sag' ich Dir, denn kannste sechs Wochen Esprit de Sultan druf jießen, d i e jehen nich raus! Adje, Huluwu-Schafskopp!

Lehmannais (halb für sich) Esel! (zu den Zuschauern) A Meßjees et mes Dames, je-suis le berühmte Faberkante von die berühmte Wunderjeschichten, die alles aus die Kleider und Habite bringen, was ein Mensch

A. S., Verkauf von Weihnachtspyramiden, Holzstich 1869

'rein macht. Hier 'aben Sie l'eau de la baiersche Jungfrau Maria, die machen Wunder durch's ganze Reich, wo de Natur hübsch is. Das l'eau können Sie jieße auf votre visage, wenn Sie haben rote Pickelkens: l'eau von die baierische Jungfrau Marie nehmen Pikkelkens wech un machen schönstes visage.

Schuster Premelowsky: Mir wundert, det Sie sich noch nischt in Ihr Jesicht jejossen haben!

Friederike (Dienstmädchen, ihrer Freundin begegnend) Herrjes, Carline, Du bis es! Na? Du siehts Dir ooch immer so um; Du wart'st jewiß ooch uf Deinen?

Caroline: Ja, Rampelberjer kann erst um halb Neune aus de Caserne, un da hat er mir bestellt, daß wir uns bei Kasemirn treffen. Meine Herrschaft is heute zum Jeburtstag in de alte Jacobstraße, un da kommen se vor Zwölfe nich zu Hause. Ick loof nu man derweile hier uf un ab vor Kasemirn, sonst wissen de Leute nicht, was se von eenen denken sollen, wenn man stille steht.

Friederike: Na, da habt Ihr's jut bis Zwölfe! Meine sind bloß in's Theater, un da muß ich schon um Neune wieder ufpassen. Flocke, mein Dischler, wollte mir ooch hier treffen.

Caroline: So? I siehste woll, nu haste ja doch den Flocken endlich ranjekriegt! Na, hör' mal Du, Fridrike, der war höllisch feste, der hat Dir lange zappeln laaßen; ick weeß noch von'n Sommer her, von Moabit, wie Du als blinde Kuh Dir immer en bisken ufmachtest, deß De sehen konnst, um den Dischler immer ranzukriejen. Na, verdenken kann ick's Dir nich, besser als der Splitter, Dein verjangener Schneider, is er. Ick muß Dir ufrichtig jestehen, Fridrike, wenn ick'n Bessern kriejen könnte wie Rampelberjern, denn wird er anjeschnallt. Was meenste denn, daß er mir schon zujemutet hat: ich soll ihm zwee Dhaler von meinen Weihnachten abjeben, un drei krieg ick vielleicht im Janzen.

Friederike: Nee, da lob' ich mir meine Herrschaft: unter fünf Dhaler dhut die't nich.

Caroline: Ja, des jloob' ich, des is ooch en Unterschied mit uns beede, Du hast ooch ee'n Herrn, der Dir in de Backen kneift, wenn er't Morjens ins Biereau jeht; mir kneift de Frau.

Geschrei: Walddeibelverkoof. Fahniverkoof. Hallohverkoof!

CARL SEIDEL

Weihnachtsmarkt

Fahnen zum Kauf!
Pyramiden zu Hauf!
Knarren, schnurrt um!
Waldteufel, brumm!

Herbei zum Kauf! Geschwind heran
Beim Strahlenglanz der Kerzen;
Hier kaufen Sie, mein lieber Mann,
Kandierte Zuckerherzen
Mit Namen nach dem Alphabet;
Charlottchen, Doris, Margareth',
S' ist lauter lockre Ware.

Heran, Mamsellschen, frisch herbei!
O, lassen Sie sich raten.
Hier schau'n Sie Fußvolk, Reiterei,
Off'ziere wie Soldaten.
Was nach Geschmack auch wählt Ihr Sinn,
S' ist alles hübsches, blankes Zinn,
In hohle Form gegossen.

Herbei, herbei doch, junge Herrn!
O, schau'n Sie hier in Gruppen,
Nach neustem Schnitt von nah und fern,

Die schönsten Mode-Puppen
Mit allerliebstem Wachsgesicht.
Obgleich so'n Balg nicht denkt und spricht,
So kann es doch hübsch schreien.

Was suchen Sie, mein schönes Kind?
Vielleicht den schmucken Jäger,
Den Müller, Gärtner, hold gesinnt,
Den flinken Schornsteinfeger?
Hier Haus-Kobold und Hampelmann,
So man am Schnürchen lenken kann,
Zur Auswahl Dutzendweise.

O, schaut der Waren mancherlei!
Hier gold'ne Wehstandsruten,
Pantoffeln, Körbe noch dabei,
Auch bunt geflocht'ne Knuten.
Herbei, herbei denn, jung und alt,
Die Zeit der Hochlust schwindet bald:
Kauft frische Weihnachtsware!

Fahnen zum Kauf!
Pyramiden zu Hauf!
Knarren, schnurrt um!
Waldteufel, brumm!

M. WEBER, Winter am Brandenburger Tor, Holzstich 1862

GOTTFRIED KELLER

Weihnachtsmarkt

Welch lustiger Wald um das hohe Schloß
hat sich zusammengefunden,
ein grünes, bewegliches Nadelgehölz,
von keiner Wurzel gebunden!

Anstatt der warmen Sonne scheint
das Rauschgold durch die Wipfel;
hier backt man Kuchen, dort brät man Wurst,
das Rüchlein zieht an die Gipfel.

Es ist ein fröhliches Leben im Wald,
das Volk erfüllet die Räume;
die nie mit Tränen ein Reis gepflanzt,
die fällen am frohesten die Bäume.

Der eine kauft ein bescheidnes Gewächs
zu überreichen Geschenken,
der andre einen gewaltigen Strauch,
drei Nüsse daran zu henken.

Dort feilscht um ein winziges Kieferlein
ein Weib mit scharfen Waffen;
der dünne Silberling soll zugleich
den Baum und die Früchte verschaffen.

Mit rosiger Nase schleppt der Lakai
die schwere Tanne von hinnen;
das Zöfchen trägt ein Leiterchen nach,
zu ersteigen die grünen Zinnen.

Und kommt die Nacht, so singt der Wald
und wiegt sich im Gaslichtscheine;
bang führt die ärmste Mutter ihr Kind
vorüber dem Zauberhaine.

Einst sah ich einen Weihnachtsbaum:
im düstern Bergesbanne
stand reifbezuckert auf dem Grat
die alte Wettertanne.

Und zwischen den Ästen waren schön
die Sterne aufgegangen;
am untersten Ast sah man entsetzt
die alte Wendel hangen.

Hell schien der Mond ihr ins Gesicht,
das festlich still verkläret;
weil auf der Welt sie nichts besaß,
hatt' sie sich selbst bescheret.

J. R. WEHLE, Der große Augenblick, Aquarell 1897

GEORG HERMANN

Jettchen Gebert macht Weihnachtseinkäufe

Und es kam Weihnachten, weiße Weihnachten. Am Vormittag zog Jettchen heimlich zum Weihnachtsmarkt durch den weißen frostigen Nebel, der ihr ordentlich den Atem vor dem Mund frieren machte. Schon von der Schloßbrücke an hörte man ein Brausen und Sausen und Lärmen und Geschwirr; und die Kinder mit den Schäfchen hängten sich ihr an das Kleid, bis sie ihren Zoll entrichtet hatte; und die Waldteufeljungen mit Baschliks über den Ohren und Wolltüchern um den Hals brummten neben ihr her und erschreckten sie, indem sie die Teufel aus dem Kasten springen ließen und ihre langen, vielgliedrigen Scheren, auf denen Holzsoldaten exerzierten, ihr plötzlich entgegenschnellten.

In den Buden standen Männer und Frauen, mit Gesichtern rot wie Hahnenkämme, eingewickelt und vermummt in Mäntel und Tücher, trampelten mit den Füßen, bliesen sich in die roten Hände oder streckten sie über ihre Feuerkieken aus; und dazu zählten sie ohne Aufhören ihre Waren her, riefen die Vorübergehenden an, stehen zu bleiben, schimpften auf den schlechten Geschäftsgang, fragten Kunden nach ihren Wünschen und zankten sich mit Nachbarn, die drei Buden von ihnen entfernt Pfefferkuchen feilboten. Und zwischen den Budenreihen stapfte und schob sich im niedergetretenen Schnee eine bunte, vielköpfige Menge dahin; Frauen mit Kindern, die rechts und links an den Zipfeln der Kantentücher zogen und zerrten, wie die Englein am Mantel der Maria; Väter, von blondzöpfigen Töchtern flankiert, Studenten und schäkernde Liebespaare.

Da es kalt war, hatte aber keiner rechte Lust, die Börse zu ziehen; und wenn der Franzose mit dem Turban sein Fleckwasser noch so zungenfertig anpries, die Menge staute sich wohl einen Augenblick vor seiner Rednertribüne, aber sowie er glaubte, die Leute von der Unfehlbarkeit seines Wassers überzeugt zu haben, und seine Fläschchen in die Menge werfen wollte, da schob sie lachend und lärmend weiter. Und der arme, zappelnde Turbanträger haspelte von neuem seine französischen Flickworte heraus, mit ungeschwächter Lungenkraft, durch den grauen Nebel und die Winterkälte.

Bei einem Parfümeriekrämer aus Altona kaufte Jettchen eine Flasche Eau de Lavande und bei einem Lebkuchenbäcker Thorner, Liegnitzer und Nürnberger Pfefferkuchen und Königsberger Marzipan. Und endlich wählte sie noch beim Pyramidenhändler eine schöne Pyramide, wohl drei Fuß hoch. Sie war ganz aus grünem Ölpapier aufgebaut, und ihre Zweige trugen zudem noch runde Perlen aus rotem Lack, und sie prunkte mit einer Unzahl kleiner gelber Wachskerzen. Die kaufte Jettchen, und sie gab dem Laufjungen noch ein Päckchen dazu; er solle alles heimtragen.

Am nächsten Tag klangen die weißen Straßen wider

vom Lärm der Kindertrompeten, und kleine Mädchen in neuen braunen Wintermänteln und blauen Käppchen trippelten stolz durch den Schnee, ohne sich nach irgendjemand umzusehen, ganz verliebt in ihre Puppen, die sie vorsichtig auf dem Arm hielten und zärtlicher anblickten, als eine Mutter auf ihr Kind schaut. Und in der Mitte auf dem Damm katzbalgten sich die Jungen um die Schlitten; und der Sohn vom Holzhacker, dem der Vater seinen Gleitschlitten zusammengeschlagen hatte aus den verschiedenartigsten Brettern, die er bei seiner letzten Tätigkeit fürsorglich hatte mitgehen heißen, hielt sein Vehikel, das er am groben Strick nachschleifen ließ, für ebenso schön wie den Stuhlschlitten von Söhlke, der fünf Taler gekostet hatte und den die Kinder vom Hofrat langsam vor sich herschoben, eingepackt und eingehüllt wie die Waschbären. Und etwelche Herren sah man sogar die Königstraße hinabeilen, die breiten Holländer Schlittschuhe am Riemen schlenkernd, die flatternden Spenzer offen, als ob sie der Winterkälte ihre Verachtung damit kundtun wollten. Man sah sie den Zelten zueilen, allwo sie beabsichtigten, auf dem Eis der Spree ihre Künste spielen zu lassen vor den bewundernden Blikken der Damen, die auf der Veranda stehen und sich an dem Anblick erlaben durften.

Und auf die frischen und lärmvollen Weihnachtstage folgten ein paar unbestimmte und seltsame Tage, die nicht Fisch und nicht Fleisch waren, nicht Wochentag, nicht Sonntag, nicht Arbeitstag, nicht Feiertag — die paar Tage, die da so eingeklemmt liegen zwischen

Weihnachten und Neujahr, und von denen keiner recht weiß, was er anfangen soll. Die Budenreihen am Schloßplatz sanken zusammen; und die Händler, die von außerhalb gekommen waren, zogen mit müden Gäulen fort in ihren langen Planwagen, aus denen die langen Stangen hervorsahen, hin auf andere Märkte; und es ging ihnen ebenso wie allem Schönen, das dahinschwindet; im Augenblick waren sie schon vergessen. Und der Platz lag wieder ganz weit und leer, behütet von dem schwarzen, bebänderten und verschneiten Schloßbau. Die paar Buden mit Neujahrswünschen in der Breite Straße — das waren nur so letzte Trabanten. Die zählten ja kaum.

THEODOR HOSEMANN, Kinder verkaufen Pyramiden, Schäfchen und Waldteufel, Holzstich nach Zeichnung, 1869

THEODOR STORM

Weihnachtsabend

Die fremde Stadt durchschritt ich sorgenvoll,
der Kinder denkend, die ich ließ zuhaus.
Weihnachten war's; durch alle Gassen scholl
der Kinder Jubel und des Markts Gebraus.

Und wie der Menschenstrom mich fortgespült,
drang mir ein heißes Stimmlein in das Ohr:
„Kauft, lieber Herr!" ein magres Händchen hielt
feilbietend mir ein ärmlich Spielzeug vor.

Ich schrak empor, und beim Laternenschein
sah ich ein bleiches Kinderangesicht;
weß Alter und Geschlecht es mochte sein,
erkannt ich im Vorübertreiben nicht.

Nur von dem Treppenstein, darauf es saß,
noch immer hört ich, mühsam, wie es schien,
„Kauft, lieber Herr!" den Ruf ohn' Unterlaß;
doch hat wohl keiner ihm Gehör verliehn.

Und ich? — War's Ungeschick, war es die Scham,
am Weg zu handeln mit dem Bettelkind?
Eh meine Hand zu meiner Börse kam,
verscholl das Stimmlein hinter mir im Wind.

Doch als ich endlich war mit mir allein,
erfaßte mich die Angst im Herzen so,
als säß mein eigen Kind auf jenem Stein
und schrie nach Brot, indessen ich entfloh.

C. RÖHRING, Weihnachtsmarkt auf dem Schloßplatz mit Blick über die Lange Brücke in die Königsstraße, Holzstich um 1870

WILHELM RAABE

Weihnachtsabend in der Sperlingsgasse

Weihnachten! Welch ein prächtiges Wort! Immer höher türmt sich der Schnee in den Straßen; immer länger werden die Eiszapfen an den Dachtraufen; immer schwerer tauen am Morgen die gefrorenen Fensterscheiben auf! Ach, in vielen armen Wohnungen tun sie es gar nicht mehr.

Hinter den meisten Fenstern lugen erwartungsvolle Kindergesichter hervor; da und dort liegt auf der weißen Decke des Pflasters ein verlorener Tannenzweig. Es wird viel Goldschaum verkauft, und bedeckte Platten von Eisenblech, die vorbeigetragen werden, verbreiten einen wundervollen Duft.

„Was ist ein echter Hamburger Seelöwe?" fragt Strobel, der bei mir eintrat und beim Abnehmen des Hutes ein Miniaturschneegestöber hervorbrachte.

„Ein Hamburger Seelöwe?" fragte ich verwundert. „Doch nicht etwa ein Mitglied des Rats der Oberalten?"

„Beinahe!" lachte der Zeichner. „Ein Hamburger Seelöwe ist eine Hasenpfote, auf welche oben ein menschenähnliches Gesicht geleimt ist. Ein solches Individuum versteht an einem Tischrande gar anmutige Bewegungen zu machen. Sehen Sie hier!"

Dabei zog er den Gegenstand unseres Gesprächs

hervor, hing ihn an meinen Schreibtisch und brachte ihn durch eine Art Pendel in Bewegung.

„Ist das nicht eine wundervolle Erfindung?“

„Prächtig“, sagte ich, „in meiner Jugend brachte man aber denselben Effekt durch den abgenagten Brustknochen eines Gänsebratens, in welchen man eine Gabel steckte, hervor; aber die Kultur muß ja fortschreiten.“

„Ja, die Kultur schreitet fort!“ seufzte der Zeichner. „Sogar die einfachen Tannen machen allmählich diesen Pyramiden von bunten Papierschnitzeln Platz. Papier, Papier überall! Aber was ich sagen wollte: Wäre es nicht eigentlich die Pflicht zweier Mitarbeiter der 'Welken Blätter', jetzt auf die Weihnachtswanderung zu gehen?“ „Auch ich wollte Sie eben dazu auffordern“, sagte ich.

Wir gingen. Den Hamburger Seelöwen ließen wir ruhig am Tische fortbaumeln, nachdem ihm Strobel noch einen letzten Stoß gegeben hatte. Zur Weihnachtszeit habe ich gern ein solches Spielzeug in der Nähe; erfreute sich doch auch der alt und grau gewordene Jean Paul zu solcher Zeit gern an dem Farbenduft einer hölzernen Kindertrompete.

Welch ein Gang war das, den ich mit dem tollen Karikaturenzeichner in der Dämmerung des Abends machte! In wieviel Keller- und andere Fenster mußte der Mensch gucken; in wieviele kleine frostgerötete Hände, die sich an den Ecken und aus den Torwegen uns entgegenstreckten, ließ er seine Viergroschenstücke gleiten! Welch ein Gang war das! Die Geister, die dem

UNBEKANNTER KÜNSTLER, Wilhelm Raabe, Strobel, Rosalie und der kleine Alfred auf dem Weihnachtsmarkt, Zeichnung um 1870

alten Scrooge des Meisters Boz über die Weihnachtswelt führten, hätten mich nicht besser leiten können als Herr Ulrich Strobel. Jetzt betrachteten wir die phantastische Ausstellung eines Ladens, jetzt die staunenden, verlangenden Gesichter davor; jetzt entdeckte Strobel eine neue Idee in der Anfertigung eines Spielzeugs, jetzt ich; es war wundervoll!

An der Ecke des Weihnachtsmarktes blieben wir stehen, in das fröhliche Gewimmel, welches sich dort umhertrieb, hineinblickend. In ununterbrochenem Zuge strömte das Volk an uns vorbei: Väter, auf jedem Arm und an jedem Rockschoß ein Kind; Handwerksgesellen mit dem Schatz, den sie aus der Küche der „Gnädigen" weggestohlen hatten; ehrliche, unbeschreiblich gutmütig und dumm lächelnde Infanteristen, feine, schmucke Gardeschützen, schwere Dragoner und „klobige" Artillerie.

Hier und da wanden sich junge Mädchen zierlich durch das Getümmel; jedes Alter, jeder Stand war vertreten, ja sogar die vornehmste Welt überschritt einmal ihre närrischen Grenzen und zeigte ihren Kindern die Freude des Volkes.

Der Zeichner war auf einmal sehr ernst geworden. „Sehen Sie," sagte er, „da strömt die Quelle, aus welcher die Kinderwelt ihr erstes Christentum schöpft. Nicht dadurch, daß man ihnen von Gott und so weiter Unverständliches vorräsoniert, sie Bibel- und Gesangbuchverse auswendig lernen läßt; nicht dadurch, daß man sie — womöglich in den Windeln — in die Kirche schleppt, legt man den Keim der wunderbaren Religion in ihre Herzen. An das Gewühl vor den Buden, an den grünen funkelnden Tannenbaum knüpft das junge Gemüt seine ersten, wahren — und was mehr sagen will, wahrhaft kindlichen Begriffe davon!"

Ich wollte darauf etwas erwidern, als plötzlich eine Gestalt, in einen dunklen Mantel gehüllt, ein Kind auf dem Arme tragend, an uns vorbeischlüpfen wollte.

Ein Strahl der nächsten Gaslaterne fiel auf ihr Gesicht, es war die kleine Tänzerin aus der Sperlingsgasse. Ich freute mich über die Begegnung und rief sie an:

„Das ist prächtig, Fräulein Rosalie, daß wir Sie treffen. Vielleicht werden Sie uns erlauben, daß wir Sie begleiten; denn um die Mysterien eines Weihnachtsmarktes zu durchdringen, ist es jedenfalls nötig, ein Kind bei sich zu haben."

Die Tänzerin knickste und sagte: „Oh, Sie sind zu gütig, meine Herren; Alfred hat mir den ganzen Tag keine Ruhe gelassen, und da kein Theater ist, so mußte ich ihm doch die Herrlichkeit zeigen."

„Ja, Mann" — sagte Alfred, unter einer dicken Pudelmütze gar verwegen hervorschauend — „mitgehen!"

Ich stellte der Tänzerin den Nachbar Zeichner vor, und das vierblättrige Kleeblatt war bald in der Stimmung, die ein Weihnachtsmarkt erfordert. Was für ein Talent, Kinder vor Entzücken außer sich zu bringen, entwickelte jetzt der Karikaturzeichner. Er hatte der Mutter den dicken Bengel sogleich abgenommen, ließ ihn nun gar nicht aus dem Aufkreischen kommen und schleppte ihn hoch auf der Schulter durch das

FRANZ SKARBINA, Berliner Weihnachtszimmer, Ölbild 1892

Gewühl voran. „Oh, ich bin Ihnen so dankbar, so dankbar, Herr Wacholder,“ flüsterte die kleine Tänzerin, zu deren Beschützer ich mich sehr gravitätisch aufwarf.

„Liebes Kind“, sagte ich „ein paar solcher Junggesellen wie ich und mein Freund würden solche Abende wie diesen sehr übel zubringen, wenn nicht dann ausdrücklich eine Vorsehung über sie wachte. Sie sollen einmal sehen, wie prächtig wir heute abend noch Weihnachten feiern werden; — hören Sie nur, wie Alfred jubelt; sehen Sie, wie stolz und glücklich er unter der Pickelhaube vorguckt, die ihm eben Herr Strobel übergestülpt hat!“

Der Karikaturenzeichner hätte sich in diesem Augenblick sehr gut selbst abkonterfeien können — er tat es auch, aber später. Wundervoll sah er aus. Im Knopfloche baumelte ein gewaltiger Hampelmann, in der rechten Hand hatte er eine große Knarre, die er energisch schwenkte; während auf seinem linken Arm Alfred mit aller Macht auf eine Trommel paukte.

„Kleine Dame,“ sagte der Zeichner jetzt zu unserer Begleiterin, „stecken Sie mir doch einmal jene Tüte in die Rocktasche, ich komme nicht dazu! Heda, alter Wachholder,“ schrie er dann gleich mich an, „gleich ich nicht aufs Haar einer Kammerverhandlung? Rechts Geknarre, links Getrommel, und für das Fassen und Einsacken der begehrten Süßigkeiten weder Kraft noch Platz!“

„Mama, d e r Onkel aber mal rechter Onkel!“ rief der Kleine entzückt von seiner Höhe herab, als Rosalie der Aufforderung Strobels nachkam, und ich ebenfalls die Tasche mit allerlei füllte.

So ging es weiter, bis uns endlich die Kälte zu heftig wurde. Der Zeichner löste sich auf — wie er's nannte — und überlieferte mir die spielzeugbeladene Linke, behielt jedoch die Knarre in der Rechten, und nun ging's durch die menschen- und lichterfüllten Straßen nach Hause. Wie glänzte heute abend die alte dunkle Sperlingsgasse! Von den Kellern bis zum sechsten Stock, bis in die kleinste Dachstube war die Weihnachtszeit eingekehrt; freilich nicht allenthalben auf gleich „fröhliche, selige, gnadenbringende“ Weise.

Welch einen Abend feierten wir nun! Wir ließen unsere kleine Begleiterin natürlich nicht zu ihrem kaltgewordenen Stübchen hinaufsteigen. War ich nicht schon auf der Universität meines famosen Punschmachens berühmt gewesen? Der Karikaturenzeichner holte einen Tannenzweig, den er auf der Straße gefunden hatte, hervor und hielt ihn ins Licht.

„Das ist der wahre Weihnachtsduft,“ sagte er, „und in Ermangelung eines besseren muß man sich zu helfen wissen!“

Horch! Was trappelt da draußen auf einmal auf der Treppe? Ein leises Kichern erschallt aus dem Vorsaal und scheint noch eine Treppe höher steigen zu wollen. „Zu mir?“ sagt Rosalie und springt verwundert nach der Tür.

„Ach, da ist sie!“ schallt es draußen, und auch ich stecke meinen Kopf heraus.

„Guten Abend, alter Herr! Guten Abend, Rosalie!

Guten Abend, Röschen!“ erschallt ein Chor heller lustiger Stimmen.

„Wo ist Alfred, wir bringen ihm einen Weihnachtsbaum!“

„Hurra, das ist's, was wir eben brauchen!“ schreit der Zeichner, seine Knarre schwingend. „Schönen, guten Abend, meine Damen, und fröhliche Weihnachten!“

Aus dunklen Mänteln und Schals und Pelzkragen entwickelt sich jetzt ein halbes Dutzend kleiner Theaterfeen, die alle jubelnd und lachend meine Stube füllen, und — auf einmal alle ein verschiedenes Musikinstrument hervorholen, welches sie auf dem Weihnachtsmarkt erstanden haben. Ein Heidenlärm bricht los; das knarrt und quiekt und plärrt und klappert, daß die Wände widerhallen und Rosalie, welche beschwörend von einer der kleinen Ratten zur anderen läuft, zuletzt die Ohren zuhaltend in dem fernsten Winkel sich verkriecht.

Endlich legt sich der Skandal mit dem ausgehenden Atem und der ausgehenden Kraft des Karikaturenzeichners, der von Wonne über das Pandämonium kaum noch seine Knarre schwingen kann.

Welch ein Punsch war das! Welche Gesundheiten wurden ausgebracht! Welche Geschichten wurden erzählt! Vom Souffleur Flüstervogel bis zum Ballettmeister Spolpato, ja bis zu seiner Exzellenz dem Herrn Intendanten hinauf. Heute abend malte Strobel keine Karikaturen, aber sich selbst machte er oft genug zu einer. Beim Versuch, sich sitzend zu drehen, beim Zuckerreiben, beim Versuch, den glimmenden Docht eines ausgeputzten Wachslichtes wieder anzublasen und bei anderen Kunststücken.

Alfred, der durch Unterlegung von Pufendorfs und Bayles schweinslederner Gelehrsamkeit und durch Auftürmung verschiedener dickbändiger Erziehungstheorien dazu gebracht war, neben seiner kleinen Mutter sitzend, über den Tisch blicken zu können, jubelte mit, bis ihm die Augen zufielen und er auf meinem Sofa ein- und weiterschlief bis elf Uhr, wo das Fest endete, die kleinen Gäste wieder in ihre Mäntel krochen, mich für einen „gottvollen alten Herrn" erklärten, Röschen küßten und nach einem vielstimmigen „gute Nacht" die Treppe hinuntertrippelten. Darauf trug Strobel den schlafenden Alfred eine Treppe höher (wozu ich ihm leuchtete) und — auch dieser Weihnachtsabend der Sperlingsgasse war vorbei.

ADOLPH LÜBEN, Da liegt die Bescherung, Holzstich nach Ölgemälde 1877

AGATHE NALLI-RUTENBERG

Weihnachtserinnerungen

Wo findet sich wohl ein Kind, dessen Herz nicht höher schlägt bei dem Gedanken an das schöne Weihnachtsfest, das nicht in seliger Freude erglüht, wenn sich das Christfest naht mit all seinen Überraschungen, seinem Lichterglanz und grünen Tannenbäumen? Wenn dies jetzt so der Fall ist, so war es das noch weit mehr in jener Zeit, da ich Kind war. Denn damals, wo man so viel ruhiger und stiller als heutzutage lebte, wo es der Zerstreuungen und Vergnügungen so viel weniger gab, hatte das Weihnachtsfest eine noch weit größere Bedeutung als heute, für die Kleinen wie auch für die Erwachsenen. Es warf gleichsam seinen Strahlenglanz über den ganzen langen dunklen Winter und erhellte die Tage desselben vor seinem Erscheinen mit fröhlicher Erwartung und nach seinem Verschwinden noch mit seliger Erinnerung.

Weihnachten!

Ganz von der Poesie umwoben, in mystischem, überirdischem Lichte erglänzend, schön und geheimnisvoll wie ein Märchen im Zauberlande, so erschien mir als Kind stets jenes Fest!

Welche Freuden, unsagbar reich, unbeschreiblich groß bot es uns Kindern dar! Wochenlang vor dem Feste wurde davon gesprochen, dafür gearbeitet, das ganze

Dasein und Leben drehte sich um dasselbe. Und wie viel herrliche Genüsse gab es schon in der Zeit vor Weihnachten! Da war vor allem die Ausstellung im Krollschen Etablissement! Kroll lag in den vierziger Jahren ganz einsam draußen im Tiergarten wie ein Haus im tiefen Walde! Ich erinnere mich noch deutlich, wie wir an einem Abend vor Weihnachten im Schlitten — denn es war reichlich Schnee gefallen — durch den dunklen Tiergarten hinausfuhren mit fröhlichem Schellengeläute und wie uns dann das große Krollsche Gebäude mit seinen vielen Lichtern gleich einem Feenpalaste entgegenstrahlte!

In den weiten Sälen drinnen befand sich eine Ausstellung von Gropiusschen lebensgroßen Figuren und Gruppen, die sich bewegten und allerhand komische Szenen darstellten. Auch ein kleines Puppentheater war da, auf dem die Leute geschäftig hin- und herliefen, Wagen, von Pferden gezogen, dahinrollten, Schneeflocken herabwirbelten und dergleichen mehr. Im Tunnel unten war ebenfalls ein Theater, auf dem die ergötzlichsten Dinge vorgeführt wurden. Außer von Gropius wurden diese Weihnachtsausstellungen bei Kroll, die in jedem Jahr Neues und Überraschendes brachten, meist von Herrn Hiltl, dem Vater des königlichen Schauspielers, geleitet. Er besaß ein großes Tapezier- und Dekorationsgeschäft in der Wilhelmstraße, nicht weit von den Linden.

Das Krollsche Etablissement war damals das Anziehendste der ganzen Weihnachtszeit für uns Kinder wie auch für die Erwachsenen. Es hatte überhaupt für

H. LÜDERS, Weihnachtsleben in den Straßen Berlins, Zeichnung 1871

Berlin eine gewisse Bedeutung, da es für Feiern und Festlichkeiten die größten und passendsten Räume von allen anderen derartigen Gebäuden besaß.

Eine große Anziehungskraft übte auf uns Kinder auch das Puppentheater im Hotel de Russie aus, das jedesmal zur Weihnachtszeit seine Vorstellungen gab, wo liebliche Feen mit blondem oder braunem Haar in märchenhaft duftiger Kleidung erschienen und gute oder böse Geister, Zauberer und Hexen ihr Wesen trieben.

Ehe wir zu dieser Vorstellung gingen, wurde uns Kindern von unserem Vater gewöhnlich noch ein anderer Genuß bereitet, indem wir von ihm zum Konditor geführt wurden. Und zwar wählte er dazu stets die Stehelysche Konditorei an dem Gendarmenmarkt, wo er Stammgast war und täglich nachmittags seinen Kaffee einzunehmen pflegte. In jener Konditorei versammelten sich damals die literarischen und politischen Größen Berlins.

Da wurden wir Kinder dann von den dort gerade anwesenden Herren als kleine Bekannte begrüßt und hörten dann andächtig den eifrigen Gesprächen zu, ohne natürlich etwas davon zu verstehen. Dabei verzehrten wir vergnügt die uns dargebotenen Leckerbissen. Diese bestanden in der Regel in wunderbar großen, innen mit Sahne gefüllten Zuckerkuchen, Baisers genannt, welche nur einen Groschen kosteten.

Da ich von den Vorstellungen gesprochen, die zu Ehren des Christfestes in der Zeit vor diesem stattfanden, muß ich auch noch die Aufführung der schönen Transparentbilder erwähnen, die alljährlich vor Weihnachten, von dem herrlichen Gesang des Domchores begleitet, in der Königlichen Akademie stattfand und die Herzen der Anwesenden in eine gehobene Stimmung versetzte.

Das schönste aber aller Ereignisse um die Weihnachtszeit herum war für die Kinder der Weihnachtsmarkt! Am 10. Dezember, gerade an meinem Geburtstag, wurde er immer aufgebaut, und mir war dann stets zumute, als ob ich den ganzen Markt als Festgeschenk erhielte! Der Markt nahm mit seinen Buden den weiten Schloßplatz, auch den Lustgarten und hauptsächlich noch die Breite Straße ein, und wenn auch seine ganze Einrichtung eine ziemlich primitive war, so hatte er doch für die Kinderseele einen eigenartigen Zauber!

Da waren vor allem die Waldteufel! Sie ertönten nicht nur auf dem Christmarkt, sondern in allen Straßen der Stadt, und wenn wir ihr Brummen und Sausen draußen hörten, hüpfte uns das Herz vor Freude, denn nun wußten wir: Weihnachten ist nahe!

Außer den Waldteufeln gab es Knarren, Trompeten, Pfeifen — das alles einte sich auf dem Weihnachtsmarkt zu einer zwar die Ohren betäubenden, doch unser Kinderherz innig erfreuenden Musik, und dazu erfüllte der Geruch der frisch gebackenen Schmalzkuchen aus den Kuchenbuden die kalte, reine Winterluft. Und nun erst der Duft der Honigkuchen und der Tannenbäume, die zum Verkauf ausgestellt waren, wie herzerfrischend war der!

In jener Zeit pflegte man in Berlin den Kindern zu

WILHELM CLARDIUS, Gänsemarkt, Holzstich nach Zeichnung 1877

Weihnachten statt des frischen Tannenbaumes oft eine sogenannte „Pyramide“ aufzubauen, die man von einem Christfest bis zum anderen verwahren konnte. Es war dies ein Holzgestell mit buntem Papier und Goldflittern bedeckt; indessen in unserem Hause erschien zu Weihnachten stets ein wirklicher, frisch duftender Waldbaum und zwar von fabelhafter Größe. Er mußte bis an die Decke reichen, sonst hätte er in unseren Augen nicht den richtigen Wert.

Unter dem Baume in dichtem Laube waren dann die Weihnachtsschäfchen aufgestellt. Diese Schäfchen verkauften arme Kinder, die auf dem Weihnachtsmarkte in irgendeiner Ecke kauerten, spärlich nur in ihre dürftige Kleidung gehüllt, und die mit ihrem Körbchen am Arm fortwährend den klagenden Ruf ertönen ließen: „Einen Dreier das Schäfchen! Nur einen Dreier!“

Oft war es bitter kalt, wenn wir so abends im Lichterglanz über den Weihnachtsmarkt wanderten; der Schnee knisterte unter unseren Füßen, und im Frost verklammten uns die Finger, aber das fühlten wir nicht. Schnee und Kälte gehörten ja zu Weihnachten.

HANNS FECHNER

Ein Weihnachtsmärchen aus dem alten Berlin

Die Kinder hingen sich an den Arm des Vaters, und dann tönte es einstimmig: „Ach, Vater, bitte, bitte, ein Weihnachtsmärchen!“ Mäuschenstill saßen sie dann, mit leuchtenden Augen und erwartungsvollen Gesichtern. „Du weißt doch, jede Weihnachten wolltest du uns eins erzählen.“ — So, wollte ich? Wartet mal! Da muß ich schon einen Augenblick nachdenken ... Halt! Gerade kommt mir der alte Valentin in den Sinn, der drüben auf dem Dönhoffplatz Weihnachtsbäume verkaufte. Der Valentin mit dem lahmen Bein und der zerschossenen Hand vom Franzosenkrieg anno siebzig her. Nur ein paar Spargroschen hatte er noch zum Leben. Da nahte das heilige Christfest. „Was fange ich nur an?“ überlegte er hin und her. Nach langem Nachdenken kam ihm plötzlich ein guter Einfall: Weihnachtsbäumlein will ich besorgen. Die will ich wie ein kleines Wäldchen aufstellen. Da werden viele kommen und sie mir abkaufen, und alle Not hat ein Ende.“ Aber o weh, ein jedes Mal, wenn er sich auf den Weg machte, sie einzukaufen, waren sie ihm schon von den richtigen Großhändlern vor der Nase weggeschnappt und fortgefahren worden.

So verging gar viel Zeit, und nun war er ganz mutlos geworden, denn morgen war der vierte, der letzte

HEINRICH ZILLE, Weihnachtsmarkt auf dem Arkonaplatz,
Farbige Kreide, um 1912

Adventssonntag und übermorgen schon der Heiligabend. Freilich war's die höchste Zeit, denn wie sollten wohl die Weihnachtsengel so rasch noch die Bäumlein schmücken für die Kleinsten? Fast hätte der arme Valentin alle Hoffnung verloren, und recht traurig machte er sich ein letztes Mal auf den Weg. Der führte ihn unendlich weit zum Kottbusser Tor hinaus, immer die Landstraße entlang. Er wollte eben gar zu gern von den ganz richtigen Weihnachtsbäumen holen, und die wuchsen nicht nahe an der Stadt. Die ganz richtigen stehen nur weit draußen, wo das Christkindlein zur Weihnachtszeit wundersam leise in hellem Strahlenglanze durch den Wald wandelt.

O wie war der Weg doch so weit! Viele, viele Stunden lang mußte der arme Valentin das geliehene Handwägelchen hinter sich herziehen, so daß er schier kaum noch mit dem lahmen Bein fort konnte. Es war schon gegen Abend und ganz dunkel geworden, als er endlich sein Ziel erreichte. Da leuchtete der aufsteigende Mond in die Wälder. Wie staunte der Alte die Schönheit der ebenmäßig gewachsenen Bäumchen an. Bald war auch der Förster zur Stelle, und Valentin kramte in seinem Beutelchen nach dem Geld. Aber, o Schrekken, es war nicht genug, um für den geforderten Preis zu reichen. Der alte Förster strich sich bedächtig den langen grauen Bart, tat ein paar Züge aus seiner Pfeife und blickte derweil den armen Valentin aus guten Augen an. „Gebt her, was Ihr da zusammengespart habt," sagte er gütig, denn der Alte mit dem lahmen Bein und der zerschossenen Hand tat ihm von

Herzen leid. „Gebt her, es soll reichen diesmal, weil es Weihnachten ist.“

Glückselig machte Valentin sich nun sogleich daran, die ihm zugewiesenen Bäumchen vorsichtig abzusägen. Froh schlug ihm das Herz, und voller Dankbarkeit blickte er hinauf zum nachtblauen Himmel. Da siehe, all die unzähligen Sternlein huben an zu hüpfen und zu tanzen, als ob sie einen wundersamen Festreigen aufführen wollten. So eigen andächtig wurde dem Valentin zu Sinn in dem Flimmern und Schimmern am Himmel da droben und unten auf den glitzernden Schnee, daß er still die Hände falten mußte.

Alsbald machte er sich wieder an die Arbeit. Stunde auf Stunde verging, und der Schweiß rann ihm von der Stirn, und Arm und Bein begannen arg zu schmerzen. Voller Angst dachte er daran, wie er nur rechtzeitig wieder heimkommen und bis zum anbrechenden Morgen die Fußgestelle noch zusammenzimmern und die Bäumchen hineinstecken müsse. Endlich war er mit der schweren Arbeit fertig geworden. Wie sollte er aber die vielen Bäumchen unterbringen auf seinem kleinen Wagen? Zu seinem Erstaunen merkte er jedoch, wie sie alle eng zusammenrückten und sich ganz dünn machten, so daß alle, alle im Handumdrehen Platz fanden.

Es war schon in der fünften Morgenstunde, als er endlich mühselig keuchend mit seiner Ladung in der Stadt an einer Verkaufsstelle auf dem Dönhoffplatz anlangte. Gerade noch herunterstellen konnte er die

GEORG SCHÖBEL, Weihnachtsbaumverkauf an der Jungfernbrücke, Zeichnung 1893

Bäumchen und sich in die Wagendecke einwickeln ... und da schlief er auch schon vor großer, großer Müdigkeit inmitten des Tannengezweiges ein.

Unter den Weihnachtsbäumen befand sich eine besonders schöne große Edeltanne. Die mochte jetzt all das Gestöhne und Gewimmer der kleinen Bäumchen nicht länger mit anhören und hub alsbald zu reden an: „Was ist das für ein dummes Getue! Das bißchen Schmerz vom Absägen läßt sich doch wohl ertragen. Wißt ihr denn nicht, daß wir für das größte Glück auserwählt sind, zu den Menschenkindern als Christbäumchen zu kommen?" — „Christbäumchen! — Christbäumchen!" flüsterte es durcheinander. „Christbäumchen" — und neugierig streckten sie ihre Wipfelchen empor, richteten sich vor Erregung hoch auf und dehnten und reckten die Zweiglein.

„O erzähl' uns, liebe, liebe Edeltanne, wie das ist." — „Ihr Närrchen," sprach die große Tanne, „Christbäumchen zu sein ist das Schönste, was es auf Erden gibt, bringen wir doch große Freude zu großen und kleinen Menschenkindern."

Ganz überwältigt lauschten die Tannen und Fichten ringsum. „Weiter, erzähl' weiter," baten sie. „Ihr werdet in hellem Lichterglanze erstrahlen, und in euren Zweigen wird Gold und Silber schimmern und funkeln. Und eure Äste werden sich herniederbiegen unter viel süßem Zuckerwerk und Äpfeln und Nüssen für die Kinder. Oben aber auf der Spitze wird ein goldener Stern prangen. Und in eure Pracht wird alt und jung frohen Herzens und mit hellem Angesicht schauen.

Doch still! O horcht doch nur! Was ist das für ein süßer Klang?“

Als ob viele hundert silberne Glöcklein zart zusammentönen, so scholl leise ein überirdischer Gesang von weitem her, kam näher und näher. Und siehe, jetzt wurde die Dunkelheit von zauberhaftem Leuchten erhellt! Lichtüberflutet schwebte eine lange Schar lieblicher Weihnachtsengel herbei, und ein jeder hielt nach seiner Größe ein zierlich gefertigtes Fußgestell für die Weihnachtsbäumchen im Arm. Ehe noch die Bäumlein sich von ihrem Erstaunen erholen konnten, hatten die Englein ihre Bänkchen in Sternenform zu Boden gestellt und waren wieder entschwebt.

„Was für gute Englein!“ rief dankbar die Edeltanne. „Nun wollen wir uns aber auch nicht lumpen lassen. Frisch ans Werk und hurtig ein jedes an seinen Platz!“ Hei, was gab's da für ein Suchen und Springen und Hopsen! Ein jedes wollte zuerst in seinem Bänkchen stehen. Was war das für ein Gekichere und Gelache, bis endlich alles in Ordnung war.

Verwundert rieb sich der alte Valentin, als er im hellen Morgenlicht aufwachte, immer wieder die Augen. Das waren doch seine Bäumchen, die da in Reih und Glied standen! Er erkannte sie genau wieder. Doch ehe er noch recht über das Wunder nachdenken konnte, befand sich schon der erste Käufer wartend vor ihm. „Das Bäumchen hier möchte ich haben. Es schaut zu niedlich aus, mag's kosten, was es will.“ Kaum war er abgefertigt, als sich Käufer auf Käufer einstellten und Valentin nun alle Hände voll zu tun hatte.

Wie aber klopfte Valentin erst das Herz, als eine glänzende Hofkutsche mit vier Pferden bei seinem Stand vorfuhr. Der goldbetreßte Lakai hatte auf dem ganzen Platz Umschau gehalten, sprang nun vom Bock und ging schnurstracks auf Valentins große Edeltanne zu. „Dieses hier ist der schönste Baum, den ich sah," sagte er vornehm. „Er ist gerade recht als Weihnachtsbaum für das Prinzeßchen." Würdig drückte er dem Alten ein Goldstück in die Hand und ließ ihn den Baum zur Hofkutsche hinaufheben. Aufgeregt schauten all die anderen Tannen und Fichten zu. Die Edeltanne aber winkte zum Abschied freundlich noch einmal zu ihren Schützlingen hinunter.

Am Nachmittag hatte Valentin all seine Bäumchen bis auf eines verkauft, ein liebes, kleines Ding, das er selber für seine Enkelkinder ausputzen wollte. Er schmunzelte vor Freude im Gedanken an den Jubel der Kleinen. Das sollte einmal eine Überraschung werden! Daheim stellte er es auf sein Tischchen und befestigte die Lichtlein. Wie er das Getrappel seiner Enkelkinder auf den Stufen hörte, steckte er schnell die Kerzen an und ließ das junge Volk herein. Aber als er sich wieder umdrehte, hing der Weihnachtsbaum voll des schönsten Zuckerwerkes. Ganz überwältigt blickten die Kinder in die Wunderpracht, bis sie sich vor Freude an den Händen faßten und singend um das Bäumchen herumtanzten: O du fröhliche, o du selige, gnadenbringende Weihnachtszeit.

Beim Heimgehen bekam jedes Kind eine große Tüte von dem Zuckerwerk des Bäumchens mit. Dann legte sich der alte Valentin zum Schlaf nieder. Wunderschöne Träume kamen zu ihm, und ihm träumte von seinem lieben treuen Bäumchen, das ihm von seiner Freundin im Walde, dem lieblichen Moosweiblein mit dem Goldhaar, erzählte.

Als er am anderen Morgen aufwachte, galt sein erster Blick natürlich seinem guten Bäumchen. Aber er wollte seinen Augen schier nicht trauen, so blitzte und glitzerte es in den Zweigen! Da hingen wirklich und wahrhaftig unzählige echte Gold- und Silberstücke! Alle Sorge und Not des armen Valentin hatte nun ein Ende und ... wenn er nicht gestorben ist, so lebt er heute noch.

GEORG SCHÖBEL, Weihnachtsbaumverkauf auf dem Leipziger Platz, Zeichnung 1893

FEDOR VON ZOBELTITZ

Berliner Weihnachten um 1870

Um Weihnachten herum erstand auf dem Schloßplatz ein freundlich buntes Bild, nicht viel anders, als es schon unter Friedrich Wilhelm I. sich dargeboten haben mag, zunächst auf dem Mühlendamm, in der Stralauer- und Breiten Straße. Zu Beginn der siebziger Jahre dehnte sich der Christmarkt bis in den Lustgarten hinein aus. Für unsere Anspruchslosigkeit, unseren Frohsinn bedeutete er ungemein viel. Die flimmernde Budenstadt barg eine eigene Poesie. Zwischen ihren Zeltreihen konnte man sich leicht verirren, man mußte dicht beieinander bleiben. Die Öllampen in den Auslagen verbreiteten nur ein schummriges Licht, aber das störte nicht. Wir schoben uns durch das Gewirr und den Lärm vorwärts, genossen das Quäken der Schäflein, das Brummen der Waldteufel, das Gebrüll der Verkäufer wie eine Sensation. Für gewisse Näschereien hatten bestimmte Städte ihr besonderes Vorrecht, und das war eine Geographie, in der ich genau Bescheid wußte. An der Kurfürstenbrücke hatte der Braunschweiger Pfefferkuchen seine weithin leuchtende Bude, vor der sich die Hausfrauen zum Christeinkauf drängten. Die Stadt Salzwedel lernte ich zuerst kennen durch einen Mann, der an der Ecke der Breiten Straße „Salzwedler Waffeln" buk. Die berühmten, aus siedendem

Fett gefischten Spritzkuchen waren in Eberswalde beheimatet, und die Würstchen mußten natürlich aus Frankfurt sein. Alles wurde angeboten, und bei jedem Angebot sprach ein kräftiger Humor mit, der seinerseits direkt aus Berlin stammte. Am Schluß gab es neben mit Vergißmeinnicht gestickten und der Inschrift „Vergiß mir nicht" versehenen Hosenträgern Taschenuhren für fünf gute Groschen. „Wenn de jehst, denn jeht se, und wenn de stehst, denn steht se!" versprach der Verkäufer, und das Letztere stimmte dann auch.

V. KATZLER, Zu früh erwacht, Holzstich nach Zeichnung 1875

HEINRICH SEIDEL

Weihnachtsbescherung bei Hühnchens

Gegen Abend gellte plötzlich das Haus von dem fürchterlichen Sturmläuten einer Tischglocke, und die Kinder stürzten nach dem Flur, auf dessen anderer Seite sich das Weihnachtszimmer befand. Wir folgten in gemäßigterem Tempo und traten in das Heiligtum, aus dessen Türe ein glänzender Lichtschein hervorbrach. Ich muß gestehen, die Herrlichkeit war groß, und die beiden Kinder standen wie in einem Bann und wagten gar nicht, näherzutreten in diese prachtvolle Sesamhöhle voll schimmernder und funkelnder Schätze.

Aber schließlich gewöhnte sich das Auge an all diesen Glanz, und bald ging es ans Besichtigen und Bewundern. Hühnchen nahm mich zunächst in Anspruch für den Tannenbaum. „Liebster," sagte er, „es ist eine bekannte Tatsache, daß jeder seinen eigenen Tannenbaum am schönsten findet und alle übrigen ein wenig verachtet, aber du mußt doch auch sagen, mein Stolz auf ihn entbehrt nicht einiger Berechtigung. Findest du nicht auch, daß eine Harmonie von Farben von ihm ausstrahlt wie eine sanfte Musik? Und dies ist kein Zufall, nein, das Resultat weiser Berechnung und genauer Überlegung. All diese Papiere und farbigen Verzierungen sind bei Lichte ausgesucht, damit sie auch bei Licht wirken, und sind zusammengestellt nach dem

Komplementärprinzip. Was dir natürlich und einfach reizvoll erscheint, ist ein Resultat schweren Nachdenkens und liebevoller Vertiefung in die Sache, mein Sohn. Auch eine Neuerung haben wir diesmal daran, nämlich vergoldete Erlenzäpfchen. Der Dichter Theodor Storm, dessen Werk ja auch du so hochschätzest, schmückte ebenfalls mit solchen seinen Tannenbaum. Zwar etwas schief ist die kleine Fichte, und an manchen Stellen, wo ein Zweig sitzen sollte, ist merkwürdigerweise keiner da, aber gibt das nicht einen neuen Reiz? Nur der Philister schwärmt für absolute Symmetrie."

Dann stand er eine Weile und blickte mit begeisterten Augen auf den kleinen schiefen Baum, der in seinem bunten Schmuck so aussah, wie sie alle aussehen, und setzte dazu eine Miene auf, als vertiefte er sich in die Schönheiten der Sixtinischen Madonna.

Für ihr kleines Mädchen hatten die Hühnchens gemeinsam eine Puppenstube angefertigt, die wahrlich zauberhaft war und einer zweiten Familie Hühnchen in ein Zehntel der natürlichen Größe zum Wohnsitz diente. Dieses Wunderwerk zu beschreiben, sind Worte zu schwach; es genügt zu sagen, daß in diesen Puppenräumen nichts, aber auch gar nichts fehlte von dem, was die wirklichen Räume der Hühnchenschen Wohnung enthielten, und daß alles von einer großartigen Eleganz und Zierlichkeit war.

Die Schränke waren angefüllt mit den niedlichsten Geschirren, selbst Kinderspielzeug, Bilderbücher und Schulhefte waren vorhanden in liliputanischer Größe und Porträts der Hühnchenschen Vorfahren an den

FRANZ SKARBINA, Winter auf den Gendarmenmarkt, Pastell 1910

Wänden, sauber in Gold gerahmt. Ja, die Naturwahrheit war fast zu weit getrieben, denn sogar jener Ort, zu dem selbst Karl der Große keinen Vertreter schicken konnte, fehlte nicht, wie mir Hühnchen unter großem Schmunzeln zeigte.

Der Major hatte auch seine Künste entfaltet und für Hans aus Pappe einen Husaren angefertigt, der auf einem Pferd ritt, das offenbar arabisches Blut in seinen Adern führte, während der Reiter, aufs vorschriftsmäßigste ausgerüstet, eine so sieghafte Heldenschönheit zur Schau trug, daß niemand an seiner Macht über alle weiblichen Herzen zu zweifeln wagte. Ein Kunstwerk zarterer Natur hatte er für Frieda gepappt und ausgemalt, nämlich Dornröschen in einer Rosenlaube, welche blaßrote Schönheit über alle menschlichen Begriffe süß und reizvoll war. Auch der himmlische Reiter, der ihr soeben nahte und sich über sie beugte, hatte so wunderzierliche Hände und Füßchen, so große Mondscheinaugen und einen so bezaubernden Schnurrbart, daß man ihm auf hundert Schritte den echten Prinzen ansehen konnte. Dabei war das Kunstwerk zugleich mechanischer Art, denn zog man an einem kleinen Bändchen, dann beugte sich der schöne Ritter nieder und küßte Dornröschen, während diese den Arm hob, genau nach der Uhlandschen Vorschrift:

Der Königssohn, zu wissen,
Ob Leben in dem Bild,
Tat seine Lippen schließen
Auf ihrem Mund so mild;

Er hat es bald empfunden
Am Odem süß und warm,
Und als sie ihn umwunden,
Noch schlummernd, mit dem Arm.

Es würde zu weit führen, wollte ich all diese Überraschungen hier schildern und aufzählen, zum Beispiel die wunderbare Festung mit Wasserkunst, die Hühnchen für seinen Sohn hergestellt hatte, und all die kleinen Dinge, womit die Eheleute selber sich erfreuten. Es war nach Hühnchens eigenem Ausdruck „einfach monumental".

Die Lichter des Tannenbaums brannten allmählich herunter und versengten schon mit Knistern und Puffen Nadeln und kleine Zweige, so daß zuletzt ein allgemeines wetteiferndes Ausblasen begann und das ganze Zimmer sich mit Weihnachtsduft erfüllte. Während wir dann in behaglichem Geplauder beieinander saßen und die Kinder sich eifrig mit ihren neuen Schätzen abgaben, nahte die Zeit des Abendessens heran, und Hühnchen verschwand in geheimnisvoller Weise auf eine halbe Stunde. Als er dann wieder eintrat, kam durch die geöffnete Türe eine Wolke von köstlichem Punschgeruch mit ihm; wir begaben uns in das andere Zimmer zum Essen und taten dem vortrefflichen Karpfen und dem nicht minder guten Getränk alle Ehre an.

AHRENDT, Prosit Neujahr, Holzstich 1881

FELIX PHILIPPI

Ein echtes Volksfest

Ich habe auf weiten Reisen, die mich durch Deutschland und Italien, durch Frankreich und Griechenland führten, zahllose Volksfeste gesehen, Volksfeste von blendendem Glanze, von glühenden Farben, von südlicher Tollheit, überflutet von goldigster Sonne: etwas Liebenswürdigeres, Heimlicheres, echt Volkstümlicheres als den Berliner Weihnachtsmarkt habe ich trotz der Unfreundlichkeit des nördlichen Klimas und trotz aller Grämlichkeit des Himmels nie wieder gefunden. Schneegestöber, grimmige Kälte oder matschiges Tauwetter spielten keine Rolle.

Die letzten vierzehn Tage vor dem Feste, namentlich nachmittags nach Schulschluß, drängte und drängelte sich, schob sich und flutete durch diesen riesigen Jahrmarkt eine unabsehbare, fröhliche, erwartungsvolle und kauflustige Menge. In dieser Budenstadt, obwohl ganz manierlich in Straßen eingeteilt, konnte man sich schon leicht verirren. Sie umfaßte den ganzen Schloßplatz, und auf der anderen Seite des Schlosses den großen Lustgarten. Hier reihte sich Bude an Bude, manche reell gezimmert, viele nur luftig mit einem Plan überspannt. Große Öllampen gossen ihr rötlich-schummriges Licht über all die Herrlichkeiten!

Potztausend, davon haben Sie ja gar keine Ahnung:

Leinewand aus Schlesien und lange Schaftstiefel aus Kalau, Puppen mit blödsinnigen Gesichtern und einhenkelige Porzellanvasen zu intimen Zwecken, buntkarierte Bettbezüge und taubstumme Kanarienvögel, Nippesfiguren und echte Nerzpelzmützen aus Lampes edlem Fell, Bratpfannen und Rückerts „Liebesfrühling", Seife, die nach gebratenen Heringen roch, und Heringe, die nach Seife schmeckten, gestrickte Hosenträger mit der in Wolle gestickten ernsten Mahnung „Bleibe mich treu", und feinsten französischen Rotwein — darauf kann ich Ihnen mein Ehrenwort geben — Bordeaux-Schloßabzug, die Flasche $7^{1}/_{2}$ Silbergroschen. Und die Damen, die alle diese Schätze feilboten, alle Achtung! Das waren nicht die Ladies mit dem hohen Stehkragen, denen man heute in den Magazinen begegnet; o nein! Das waren Frauen, die ihre sehr rundlichen Formen durch zahlreiche Umschlagtücher noch vorteilhafter gehoben hatten, die, das glimmende Kohlenbecken rechts und die dampfende Kaffeekanne links, schwadronierten und schmeichelten, feilschten und schimpften. Die jungen Mädchen suchten sie durch ein „Koofen Se, Madameken" zu ködern, die alten Jungfern durch ein „Na, scheenet Freilein, wat for'n Schatz?" zu locken. Ja, so eine Bande war das!

Und nun die vielen Hundert Spielzeugbuden, die mit ihren Festungen, Wachen und Zinnsoldaten, mit den Puppenstuben und Küchen die Jugend in einen Taumel des Entzückens versetzten, und die Pfefferküchler! Ach, du lieber Gott, wie soll ich Ihnen nur die beschreiben?

All diese Berge von Mehlweischen und Pflastersteinen, von Pfeffernüssen und Zuckerherzen, von vergoldeten Äpfeln und versilberten Nüssen, von rosa gefärbten Honigkuchen, die in weißer Zuckergußschrift einige Lehrsprüche und innige Liebe in nicht ganz einwandfreier Orthographie kündeten. Und dieser Höllenlärm von Knarren und Mähschäfchen, von quietschenden Puppen, von Trompeten, Trommeln und Drehorgeln, und dieser Schmalzge ... na, sagen wir ... geruch aus all den Pfannkuchenbuden und die ganze duftige, luftige und lustige Stadt durchdrängt und durchflutet von seligen Kindern und glücklichen Eltern, und von der Parochial-, der Gertrauden- und Nikolaikirche tönen feierlich und doch fröhlich die Glocken herüber in den kalten Winterabend.

JULIUS STINDE

Familie Buchholz auf dem Weihnachtsmarkt

Wir wanderten dem Schloßplatz zu, denn da ist doch der Hauptmarkt. Indessen, wir kamen nur langsam vorwärts, teils wegen der Menschenmenge auf der Straße, teils wegen der Läden, die betrachtet werden wollten. Einer machte den anderen auf das aufmerksam, was ihm am besten gefiel. — „Nein, sieh bloß dies hier." — „O, das möchte ich haben." — „Seht doch nur, wie prachtvoll!" Und so ging es in einer Tour. Mancher Laden überbot sich auch wirklich selbst. In einem hatten sie sogar eine stilvolle Burg aus lauter Pfefferkuchen aufgebaut mit gleichfalls stilvollen Pflaumenmännern als Ritter.

Und nun erst die Stoff- und Porzellangeschäfte, die Bronzeläden und Seidenwarenhandlungen: alle miteinander hatten sich geputzt, indem sie das Feinste zum Vorschein brachten. Es ist alles prunkhaft um diese Zeit, als wenn Illumination wäre, sämtliche Gasflammen und Lampen, die nur brennen können, haben sie im Gange, und was irgend glitzert und blänkert, liegt in den Schaufenstern aus; man kann eben nicht vorbeikommen. Da wird immer so viel von den Schätzen des Orients geredet und von den Bazaren, die sie dort haben. Was will das sagen? Vor Weihnachten ist das ganze Berlin mit seinen stundenlangen, gasstrahlenden

H. HENSELER, Berliner Weihnachtsmarkt, Zeichnung um 1890

Straßen ein einziger, ungeheurer Bazar. Zwischen all dieser Pracht liegt der Weihnachtsmarkt wie die gute alte Zeit. So war es damals, als meine Eltern mich das erste Mal mitnahmen, und so ist es geblieben bis auf den heutigen Tag. Das sind dieselben schmalen, langen Budenreihen, dieselben Spielsachen liegen aus, die Verkäufer haben ebenso rot gefrorene Nasen und ebenso warme Kappen auf wie damals, und die Kinder mit der Dreierschäfchen, den Sägemännern, Waldteufeln, Hampelmännern und womit sie sonst ihr kleines Handelsgeschäftchen betreiben, haben noch ebenso dünne Stimmen wie damals. Und wie balsamisch duften die dunklen Tannenbäume, von denen ganze Wälder umherstehen, dazu die maigrünen Pergamiten, aufgeputzt mit buntem Flitter und besteckt mit Lichtern. Und wie anheimelnd riecht es nach frischem Pfannkuchen und Schmalzgebackenem! Und die vielen Menschen, Groß und Klein, ergötzen sich, als hätten sie solche Herrlichkeiten nie zuvor gesehen, und bewundern aufs Neue, was sie eigentlich doch schon kennen sollten.

Auch die Spaßvögel kommen immer noch aus demselben Neste, sie sind rot und gelb und grün gemalt, mit einer Feder auf dem Kopf, und wenn an der Strippe gezogen wird, klappen sie ebenso zusammen wie in all den Jahren. Dazu wird immer noch gerufen: „Vorne nickt er, hinten pickt er, nur einen Groschen der schöne Spaßvogel! Kaufen Sie, Madameken, es ist der Letzte!“ Das klingt so vertraut wie aus ferner Jugendzeit. Mein alter lieber Weihnachtsmarkt!

Was von jeher seinen unbeschreiblichen Eindruck

auf mich machte, das ist das ernste, schweigende Königsschloß, welches wie ein Riese die Zwerggezelte des Marktes überragt. Da summt es vom Menschengewirr, da schimmert es rötlich von tausenden Lichtlein um das stille, dunkle Schloß herum, als wenn die kribbelnde, wibbelnde Gegenwart keinen geschützteren Platz finden könnte als bei der unverrückbaren Vergangenheit.

Wir waren auf den Markt gezogen, um nützliche Sachen einzukaufen. Wir verteilten uns daher und gingen an das Geschäftliche. Derweil ich und Emmi eine Reibesatte einhandelten, die ihr so notgedrungen fehlt und das Erbspüree, an dem der Doktor sich so gern donnerstags mit Eisbein labt, doch bedeutend erleichtert, ging Onkel Fritz an eine Bude und kaufte Honigkuchen mit Inschriften ein, um sie uns zu verehren. Aber er hätte es lieber lassen sollen, denn auf meinem stand: „Olle, brumme nicht!“ und auf Emmi ihrem: „Ewig will ich an dir kleben. Klacks!“ Der Doktor steckte den ihm gespendeten errötend in den Paletot. „Fritz,“ sagte ich mit einem Anhauch von Mißmut, „ich kann nicht behaupten, daß mir diese Zuckerguß-Poesie behagte.“ — „Dann kratze sie ab,“ erwiderte er, „und lasse dir einen frischen Vers von Leuenfeld daraufdichten. Dem Kuchen schadet das nicht.“

Nun wollten wir doch noch nach der Breitestraße und Rudolph Hertzogs Auslage betrachten, einmal, weil sie das Glanzvollste ist, was man beaugenscheinigen kann, und zweitens, weil mein Karl einzelne Phantasie-Artikel für dieses immense Geschäft liefert, die er extrafein weben läßt. Aber so gut der Gedanke war,

HANS BALUSCHEK, Weihnachtsmarkt auf dem Arkonaplatz, Zeichnung 1910

das Hinkommen hatte seine Schwierigkeit, denn solche Drängelbergerei wie an der vom Schloßplatz und der Breitestraße gibt es nirgends. Doch wir kamen durch, weil der Berliner bei derartigem Festgedränge stets zur rechten Seite geht und nur der Fremdling gegen den Strom will, bis ihm einer zuruft: „Sie da mits Jesichte, halten Sie sich rechts, sonst werden Ihnen die Plätteisen abjetreten!" Das hilft dann prompt.

Als wir wieder frei aufatmen konnten und uns in unzerdrücktem Zustande wieder vorfanden, mußten wir eine lange Reihe von kleinen Verkäufern passieren. „Hier wird gekauft", sagte Onkel Fritz, „ich gebrauche allerlei, und Ihr werdet gewiß auch in Eurer Nachbarschaft Leute kennen, die wohl Kinder, aber sonst nichts übrig haben. Denkt nur nach." Und merkwürdig, jeder von uns konnte sich besinnen. Wie das Geschäft blühte, als wir alle miteinander in die Portemonnaies griffen, das war vergnüglich. Onkel Fritz ramschte gleich ganze Reste, und ein Junge schrie: „Hurrah, reeller Ausverkauf; wird meine Mutter abersch kieken!" Für die paar Nickel solche Freude!

ALEXANDER MEYER

Berliner Weihnachtsausstellungen in alter Zeit

In dem engsten Teile der Chauseestraße, etwa da, wo jetzt die Diskontogesellschaft ihr Wechselkontor errichtet hat, befand sich in früheren Zeiten eine unansehnliche Konditorei. Nach dieser sehnte sich um die Weihnachtszeit jedes Kinderherz, und wer einmal des Genusses teilhaftig geworden war, der dort gespendet wurde, für den wäre eine wahre Weihnachtsfreude nicht denkbar gewesen, wenn er nicht alljährlich dahin hätte zurückkehren dürfen. Es waren nicht die Süßigkeiten, die dort gespendet wurden, nicht die Baisers, Windbeutel und Bouches des dames, denn dieselben sind meines Wissens hier niemals berühmt geworden. Nein, hier galt es, geistigen Genuß zu schlürfen, der aus ewigen Rhythmen träuft. Über eine höchst unansehnliche Hintertreppe gelangte man in einen nicht allzu großen Saal in einem Mezzaningeschoß, und hier war das berühmte Gebhardsche Figurentheater.

Hier habe ich und haben Tausende von Berliner Kindern, die meine Altersgenossen waren, zum ersten Mal vor einem Vorhange gesessen und der Dinge geharrt, die da kommen sollten. Wenn dann der Vorhang sich erhob, zeigte uns die Szene links eine Mühle, deren Getriebe in voller Bewegung war, geradezu eine

P. HAUPTMANN, Weihnachtsmarkt vor dem Dom im Lustgarten,
Ölbild um 1930

Schmiede, in welcher die Gesellen am vollen Feuer hantierten, und nach rechts hatte der nahe Wald seine letzten Ausläufer vorgeschoben. Den Vordergrund aber stellte die Landstraße dar, auf welcher sich viele, durchaus alltägliche und doch höchst wunderbare Dinge ereigneten. Da trat von der einen Seite ein behäbig aussehender Herr und von der anderen ein zerlumpt aussehender Strolch auf, der jenen anbettelte. Der brave Mann greift auch in seine Tasche und zieht die Börse, um einen Groschen herauszulangen. Den Augenblick benutzt der Bösewicht, ihm die Uhr zu entreißen und damit zu entfliehen. Aber er läuft nur dem Gendarm in die Arme, der wie ein Deus ex machina soeben aus der Kulisse tritt. So wird uns schon in frühen Jahren die Lehre gepredigt, daß das Laster furchtbar bestraft wird.

Dann kommt ein Reiter auf lahmem Pferde, der vor der Schmiede hält, um sein Pferd beschlagen zu lassen. Ein Savoyardenknabe tritt auf und läßt seinen Affen tanzen. Ein Hase kommt eilig über die Bühne gelaufen; ihm folgt der Jäger, und nun zeigt sich der Künstler, der das Ganze geschaffen, auf der vollen Höhe seiner Kunst. Der Jäger reißt das Gewehr von der Schulter, ladet mit dem Ladestock, legt an, man sieht das Pulver auf der Pfanne blitzen, und es erfolgt ein Knall. Es ist doch erstaunlich, was Menschenhände alles machen können. Daß er kein Sonntagsjäger war, zeigt sich schnell, denn der Hund apportiert den frischgeschossenen Hasen.

Jetzt geht unter ungeheurem Jubel ein Schornsteinfeger über die Bühne; es ist ein baumlanger Kerl mit einer noch größeren Leiter; das allgemeine Gelächter zeigt ihm, daß die hier versammelte Jugend über die Jahre hinaus ist, wo sie sich vor dem schwarzen Mann fürchtet. Unter diesen und einer ganzen Reihe von anderen Vorgängen ist es allmählich Abend geworden, der helle Sonnenglanz ist von der Landschaft verschwunden, und der Himmel hat sich vorübergehend gerötet; doch bricht schnell die volle Nacht herein. Nun ereignet sich nur noch eine einzige Szene: das Fenster der Mühle öffnet sich, an demselben erscheint die Müllerstochter, unten ein Knecht. Er klettert hinauf, er steigt hinein, und das Fenster schließt sich ebenso schnell, als der Vorhang fällt. Jetzt löst sich das Schweigen, das eine halbe Stunde lang über der Zuschauermenge geschwebt hatte, und ich höre eine alte dicke Dame hinter mir sagen: „Das letzte war aber unrecht; so etwas sollte man den Kindern nicht zeigen." Sie hatte wohl so unrecht nicht, aber beschwichtigend muß ich doch bemerken, damals habe ich es nicht verstanden, und heute kann es mir nichts mehr schaden.

Von der kleinen Konditorei in der Charlottenstraße gingen wir nach dem Diorama in der Georgenstraße, dem eigentümlichen Gebäude, welches dem Bau der Stadtbahn zum Opfer gefallen ist. Die Dekorationsmaler Gebrüder Gropius, die hier schalteten, waren erfindungsreiche Leute und bemüht, den Besuchern ihres Lokals jedes Jahr etwas Neues und Überraschendes zu bringen. Da sah man pittoreske Landschaften, berühmte Gebäude, welthistorische Ereignisse, allerlei scherzhafte Szenen in Transparentbildern ausgeführt. Aber wenn man einem Kindskopf gar zu viele Dinge vorführt, haftet in demselben nichts. Und so mag ich denn mein Gedächtnis umschütteln, soviel ich will, es taucht nur ein einziges Bild in demselben auf, das noch voller Deutlichkeit vor mir steht. Es führte den Titel: „Wie junge Mädchen alt werden und alte wieder jung."

An einem Tisch saßen drei junge Mädchen in modernster Toilette und von idealer Schönheit, mit Lektüre beschäftigt. Wenn man nun aber einige Zeit vor dem Bilde stand, so ging mit demselben eine seltsame Veränderung vor. Die blühenden Züge bedeckten sich allmählich mit Runzeln, die Bücher in den Händen verwandelten sich in Kaffeetassen und Schnupftabaksdosen, ein Strickstrumpf mit Knäuel, der zur Erde gesunken war, hatte sich in eine schwarze Katze verwandelt, und das Gesamtbild, welches vor unseren Augen stand, zeigte drei Xanthippen, die über ihre Nächsten lästerliche Gespräche führten.

Da aber inzwischen andere Zuschauer eingetreten waren, die auch alle sehen wollten, so blieb dem Künstler nichts übrig, als den geschilderten Prozeß sich wieder rückwärts vollziehen zu lassen, und es gewährte mir ein ganz besonderes Vergnügen, den Spuk wieder verschwinden und die alte holde Erscheinung wieder vor die Augen treten zu sehen. Das, was sich hier den Augen bot, überstieg bei weitem den Kreis meiner kindlichen Erfahrungen und meines Fassungsvermögens, und ich warf die unschuldige Frage auf, ob denn das, was sich hier vor meinen Augen entwickelte, in der Welt wirklich vorkäme. Denn ich konnte mir doch nicht vorstellen, daß man etwas bildlich darzustellen vermöge, was in der Welt überhaupt nicht vorkäme. Darauf wurde mir nun von kundiger Seite die Antwort zuteil, daß es in der Tat sich ab und zu ereigne, daß junge Mädchen alt würden, wenn auch nicht mit so großer Eile. Dagegen habe man davon, daß alte Mädchen wieder jung würden, bisher noch nicht in einem einzigen Fall beobachtet.

Den schönsten Teil der Weihnachtsausstellungen aber bildete das Kasperletheater im Saale des Hotel de Russie. Es war in den letzten Jahren vor der Märzkatastrophe, in welchen der Hang zu politischer Satire übermächtig geworden war und durch alle Ritzen und Poren drang, und so schlüpften hier die kecksten Anspielungen auf Zeitereignisse in die Form eines plumpen Kasperlescherzes. Plumpe und absichtlich törichte Keulenschläge wechselten mit wohlgezielten Pfeilschüssen so kunstvoll ab, daß dem Zensor schwindlig vor Augen wurde und er das Erlaubte von dem Unzulässigen nicht mehr zu unterscheiden wußte.

Alle diese Vergnügungen, von denen ich bisher gesprochen, sind vorüber und werden nie wiederkehren; dagegen habe ich noch einer Austellung zu gedenken, die früher unerläßlich zu einem Weihnachtsprogramm gehörte. Im Saale der Akademie veranstaltete eine Anzahl von Malern eine Vorstellung, in welcher Nachbildungen berühmter Gemälde in transparenten Farben nachgebildet waren. Da eine Reihe der hervorragendsten Maler sich zu diesem Werke zusammenzutun pflegten, hatten diese Nachbildungen nicht unbedeutenden Wert. Zu jedem der sechs Bilder sang dann der Domchor einen geistlichen Gesang. Gerühmt wurde diese Feier von jedem, der ihr beiwohnte, aber die Zahl der Besucher verringerte sich trotzdem von Jahr zu Jahr. In heutiger Zeit würde es sich wahrscheinlich lohnen, der Weihnacht diese Weihe wiederzugeben.

PAUL LINDENBERG

Ein Weihnachtsbummel durch Berlin

Vom Dezember an wurden auf dem Dönhoffplatz zweimal wöchentlich die großen Gänsemärkte abgehalten. Sie übten auf uns eine besondere Anziehungskraft aus, konnten wir Schlingels doch unseren Ulk mit den schlagfertigen Marktfrauen treiben. „Mademeken, der Jänserich da hat so'n trübes Jesicht, der trauert woll um seine Braut?“ — „Du Jrienschnabel du, paß uff, det ick dir nicht 'ne Kohle an deinen dämlichen Döskopp schmeiße. Wat weeßt du kaum ausgebrütetes Affenküken von ne Braut?“ — „Wat kost die Jans, Mademeken?“ — „Eenen Taler und fünf Jute!“ — „Nee, davor is se zu mager!“ — „Wat, mager soll diese Oderbruch'sche sind? Du bist mager, mein Söhnchen, komm mal her, ick werde dir an deine Knochen fassen, det ick Schwielen in de Finger kriege und du quietscht, det man's bis Potsdam hören kann!“

Hier kaufte unsere Mutter stets den Festbraten ein, den wir triumphierend nach Hause brachten, unter der Bedingung, daß wir die Gurgel erhielten, die, getrocknet mit Erbsen gefüllt, ein herrliches, ohrenbetäubendes Geräusch verursachte. Bei vielen Küchenfenstern die sämtlich nach den Höfen gingen, waren außen eiserne Haken angebracht, an denen die Gänse, Hasen und anderes Wild ausgehängt wurden. So hing auch mal ein feistes Gänslein an dem Parterreküchenfenster unseres Hauses. Abends klopfte es an die Scheiben, die rundliche Köchin öffnete diese; jemand ruft ihr freundschaftlich zu: „Fröllein, nehmen Se man bloß die Jans schnell weg; hier war eben eener, der se stehlen wollte!" Rasch haspelt Auguste den Bindfaden ab, bekommt aber im selben Augenblick einen derben Schlag auf die Hand, läßt die feiste Kapitolsretterin fallen, mit der der liebenswürdige Warner schleunigst verschwindet.

Ein anderer willkommener Gang mit Mutti und Minna war zu den großen Obstkähnen, die an der Schloßbrücke lagen und das böhmische Obst nach Berlin brachten, das hier billiger als in den Geschäften verkauft wurde. Vorher wurde ein Lindenbummel unternommen, zu dem ein Halt vor dem Felsing'schen Laden gehörte. Die mächtige Uhr mit den herumgereihten kleinen Zifferblättern, die uns verrieten, welche Zeit es in Newyork, Peking, Rom, St. Petersburg war, ließ uns kaum los. Plötzlich eine Bewegung, die Spaziergänger bleiben stehen: eine einfache Hofkutsche hält vor dem Geschäft, ein hochgewachsener, weißbärtiger Herr in dunklem Uniformmantel steigt aus, Hüte und Mützen fliegen blitzschnell herunter, freundlich werden die Grüße erwidert, der alte, liebe König Wilhelm ist's, der persönlich seine Christkäufe macht, um die Seinen und die Hofangestellten bis zum letzten Diener zu erfreuen.

Aber nicht nur die Straßen boten uns ihre weihnachtlichen Genüsse dar. Hatten wir gute Zeugnisse heimgebracht, so ging's mit den Eltern zu der von der heutigen Staatsbibliothek verdrängten Kunstakademie Unter den Linden. In einem Saal staunte man die von bekannten Künstlern gemalten Szenen aus dem Leben Christi an, zu denen der Domchor feierliche Gesänge mit Harmoniumbegleitung ertönen ließ. Oder wir konnten eine Kindervorstellung im Zirkus Renz besuchen; die Haare sträubten sich uns, wenn der auf ein dahinrasendes Pferd gebundene, halbnackte Mazeppa von gierigen Wölfen verfolgt wurde; das Gruseln begleitete uns schreckhaft bis in unsere Träume. Da ging's lustiger in Brockmanns Affentheater zu, das in der unteren Friedrichstraße auf einem dunklen Hofe lag. Mir ist's, als ob ich noch immer das helle Jauchzen der vielen Kinderstimmen höre, sobald die kleine Kutsche, mit vier Pudeln bespannt, auf der Bühne erschien, ihr Madame Pompadour entstieg, auch ein Pudel, und zwei Affen diensteifrig die seidene Schleppe trugen.

Aber alles, alles versank doch vor dem Weihnachtsmarkt. Schon lange vor seiner Eröffnung schlug er unsere drängenden Gedanken und sehnenden Wünsche in seinen Bann. Fast über Nacht war seine lustige und luftige Budenstadt in enger Nachbarschaft des Schlosses erstanden. Zu ihr pilgerten die vermögendsten wie ärmsten Familien, im ärgsten Schmutzwetter, im heftigsten Schneegestöber, bei bitterster Kälte, auf schwankenden Brettern über Regenlachen oder Miniatureisbahnen trippelnd, immer wieder die tausend und abertausend Sachen und Sächelchen besehend und bestaunend.

Was gab es hier nicht zu kaufen und zu schauen!

D. NITSCHKE, Weihnachtsmarkt im Lustgarten vor dem Dom,
Zeichnung um 1900

Eigentlich alles, was der Mensch sich zur Weihnachtszeit wünschte. Die verschiedensten Größen von Pyramiden, Wachsengel mit goldenen Flügeln, Papierketten, Sterne, Krippen neben unzähligen Spielsachen. Wie quiekte, pfiff, klapperte, zwitscherte, rasselte, trommelte, flötete es in den Budenreihen seitens der Anpreiser. Und welche Anziehungskraft übte die an der Ecke der Breiten Straße errichtete Lotterie- und Würfelbude aus, vor der auf einer niedrigen Kiste ein buntgekleideter Mann stand, während seine Frau lokkend ihre heisere Stimme erschallen ließ: „Immer ran, jeehrte Herrschaften, wat könn' Se hier alles vor een' Silberling jewinnen," und sie wies auf die pomphaften Gewinne, die aus Bildern, Blumentöpfen, Musikinstrumenten, Talmischmucksachen und Glas- und Porzellansachen bestanden.

„Jleich, jeehrte Herrschaften, wird det Jlicksrad jedreht. Sei'n Se nich so schüchtern; nehm' Se 'n paar Nummern, Se könn' janz billig 'ne jroße Weihnachtsfreude haben!" Bis es mit einem Mal einen furchtbaren Krach gab. Hintereinander waren nur Gewinne gezogen worden; freudig eilten mit ihnen die Beglückten fort. Plötzlich kreischte die Anlockende wütend auf: „Emil, du Satansaffe, du Oberkamel, du Riesenrindvieh, du hast ja die Nieten verjessen!"

INHALT

Einführung 5

Ludwig Tieck: Weihnacht-Abend (1835) 13

Friedrich Wilhelm August Schmidt von Werneuchen: Der Heilige Abend vor Weihnachten (1797) 25

Caroline von Humboldt: Weihnachtsbrief 1815
Aus: „Wilhelm und Caroline von Humboldt in ihren Briefen" (1912) 28

E. T. A. Hoffmann: Drosselmeier beschert die Kinder
Aus: „Nußknacker und Mausekönig" (1816) 30

Lilly Parthey: Weihnachten Brüderstraße 13
Aus: „Tagebücher aus der Berliner Biedermeierzeit" (1926) 42

C. von Kertbeny: Berliner Weihnachten 1827
Aus: „Berlin wie es ist" (1831) 47

Willibald Alexis: Weihnachtsmarkt 1835
Aus: „Morgenblatt" (23. 1. 1836) 54

Ludwig Rellstab: Weihnachtswanderungen 1836
Aus: „Vossische Zeitung" (1836, Nr. 291 ff.) 59

Adolf Glaßbrenner: Der Weihnachtsmarkt
Aus: „Berliner Volksleben", 1. Band (1847) 66

Carl Seidel: Weihnachtsmarkt. Gedicht (1838) 79

Gottfried Keller: Weihnachtsmarkt. Gedicht (1852) 83

Georg Hermann: Weihnachtseinkäufe
Aus: „Jettchen Gebert" (1906) 87

Theodor Storm: Weihnachtsabend. Gedicht (1852) 93

Wilhelm Raabe: Weihnachtsabend in der Sperlingsgasse
Aus: „Die Chronik der Sperlingsgasse“ (1857) 97

Agathe Nalli-Rutenberg: Weihnachtserinnerungen
Aus: „Das alte Berlin“ (1912) 111

Hanns Fechner: Ein Weihnachtsmärchen
Aus: „Mein liebes, altes Berlin“ (1926) 120

Fedor von Zobeltitz: Berliner Weihnachten 1870
Aus: „Ich hab' so gern gelebt. Lebenserinnerungen“ (1934) 133

Heinrich Seidel: Weihnachtsbescherung
Aus: „Leberecht Hühnchen“ (1882) 137

Felix Philippi: Ein echtes Volksfest
Aus: „Alt-Berlin. Erinnerungen aus der Jugendzeit“ (1913) 145

Julius Stinde: Familie Buchholz auf dem Weihnachtsmarkt
Aus: „Familie Buchholz“, 2. Teil (1885) 148

Alexander Meyer: Berliner Weihnachtsausstellungen in alter Zeit
Aus: „Aus guter alter Zeit. Berliner Bilder und Erinnerungen“ (1909) 156

Paul Lindenberg: Ein Weihnachtsbummel
Aus: „Es lohnte sich, gelebt zu haben. Erinnerungen“ (1941) 164

171

Berliner Humor

Rudolf Eberhard: **Fritze Bollmann wollte angeln**
Berliner Lieder, Gassenhauer, Moritaten
Humor zum Mitsingen

Wilhelm Franke: **So red't der Berliner**
Mit vielen Zeichnungen
Ein lustiger Sprachführer des Berlinischen

Hans Ostwald: **Der Urberliner**
Der Klassiker des Berliner Humors, neu herausgebracht,
bearbeitet und mit einem Nachwort von Hans Clauert

Luise Lemke: **Der Appel fällt nicht weit vom Pferd**
Tierliebe auf berlinisch. Die ausjemachten Viechereien
sind erzählt von Nana Bauer und tierisch ins Bild
jesetzt von Frauke Trojahn

Ilse Kleberger: **Berlin unterm Hörrohr**
Mit Zeichnungen von Hans Kossatz
Eine Berliner Ärztin hat ihren Patienten „aufs Maul geschaut"

Ilse Kleberger: **Damals mit Kulicke**
Mit Zeichnungen von Hans Kossatz
Vom Luftschutzkeller bis zum schwarzen Markt

Franz Lederer: **Ick lach' ma'n Ast**
Sprache, Wesen und Humor des Berliners
Mit Zeichnungen von Cleo-Petra Kurze

Rolf Opprower, Peter Cürlis: **Im Spitznamen des Volkes**
Berliner Bauten mit Spreewasser getauft
Mit 100 Fotos

Peter Schlobinski: **Berlinisch für Berliner und alle, die es werden wollen**
Das neue berlinische Sprachbuch
Mit Zeichnungen von Frauke Trojahn